Juges

La Bible

© 2024 Culturea
Texte et illustration de couverture : © domaine public (open access licence CC0 1.0 universel)
Édition et mise en page : Culturea (Hérault, 34)
Retrouvez notre catalogue sur http://culturea.fr/
Contact : infos@culturea.fr
Imprimé en Allemagne par Books on Demand Gmbh
Design typographique et layout : Derek Murphy et Reedsy
ISBN : 9791041997367
Date de parution : Avril 2024
Ce livre :
— a été composé avec une police open source libre de droits dessinée sur Open Fondry
 https://open-foundry.com/
— est édité en libre access sous licence CC0 (Creative Commons Zero) afin de conserver l'oeuvre au plus près des caractéristiques du domaine public.
— offre la possibilité à son lecteur de partager, dupliquer ou distribuer son contenu, sans restriction ni réserve.
— permet de replanter un arbre. SHS Éditions soutient Plantons Pour l'Avenir, fonds de dotation pour le reboisement des forêts françaises
400 projets de reboisement de forêts soutenus depuis 2014 à travers la France
https:/www.plantonspourlavenir.fr/

Juges 1

1. Après la mort de Josué, les enfants d'Israël consultèrent l'Éternel, en disant : Qui de nous montera le premier contre les Cananéens, pour les attaquer ?

2. L'Éternel répondit : Juda montera, voici, j'ai livré le pays entre ses mains.

3. Et Juda dit à Siméon, son frère : Monte avec moi dans le pays qui m'est échu par le sort, et nous combattrons les Cananéens ; j'irai aussi avec toi dans celui qui t'est tombé en partage. Et Siméon alla avec lui.

4. Juda monta, et l'Éternel livra entre leurs mains les Cananéens et les Phéréziens ; ils battirent dix mille hommes à Bézek.

5. Ils trouvèrent Adoni Bézek à Bézek ; ils l'attaquèrent, et ils battirent les Cananéens et les Phéréziens.

6. Adoni Bézek prit la fuite ; mais ils le poursuivirent et le saisirent, et ils lui coupèrent les pouces des mains et des pieds.

7. Adoni Bézek dit : Soixante-dix rois, ayant les pouces des mains et des pieds coupés, ramassaient sous ma table ; Dieu me rend ce que j'ai fait. On l'emmena à Jérusalem, et il y mourut.

8. Les fils de Juda attaquèrent Jérusalem et la prirent, ils la frappèrent du tranchant de l'épée et mirent le feu à la ville.

9. Les fils de Juda descendirent ensuite, pour combattre les Cananéens qui habitaient la montagne, la contrée du midi et la plaine.

10. Juda marcha contre les Cananéens qui habitaient à Hébron, appelée autrefois Kirjath Arba ; et il battit Schéschaï, Ahiman et Talmaï.

11. De là il marcha contre les habitants de Debir : Debir s'appelait autrefois Kirjath Sépher.

12. Caleb dit : Je donnerai ma fille Acsa pour femme à celui qui battra Kirjath Sépher et qui la prendra.

13. Othniel, fils de Kenaz, frère cadet de Caleb, s'en empara ; et Caleb lui donna pour femme sa fille Acsa.

14. Lorsqu'elle fut entrée chez Othniel, elle le sollicita de demander à son père un champ. Elle descendit de dessus son âne ; et Caleb lui dit : Qu'as-tu ?

15. Elle lui répondit : Fais-moi un présent, car tu m'as donné une terre du midi ; donne-moi aussi des sources d'eau. Et Caleb lui donna les sources supérieures et les sources inférieures.

16. Les fils du Kénien, beau-père de Moïse, montèrent de la ville des palmiers, avec les fils de Juda, dans le désert de Juda au midi d'Arad, et ils allèrent s'établir parmi le peuple.

17. Juda se mit en marche avec Siméon, son frère, et ils battirent les Cananéens qui habitaient à Tsephath ; ils dévouèrent la ville par interdit, et on l'appela Horma.

18. Juda s'empara encore de Gaza et de son territoire, d'Askalon et de son territoire, et d'Ékron et de son territoire.

19. L'Éternel fut avec Juda ; et Juda se rendit maître de la montagne, mais il ne put chasser les habitants de la plaine, parce qu'ils avaient des chars de fer.

20. On donna Hébron à Caleb, comme l'avait dit Moïse ; et il en chassa les trois fils d'Anak.

21. Les fils de Benjamin ne chassèrent point les Jébusiens qui habitaient à Jérusalem ; et les Jébusiens ont habité jusqu'à ce jour dans Jérusalem avec les fils de Benjamin.

22. La maison de Joseph monta aussi contre Béthel, et l'Éternel fut avec eux.

23. La maison de Joseph fit explorer Béthel, qui s'appelait autrefois Luz.

24. Les gardes virent un homme qui sortait de la ville, et ils lui dirent : Montre-nous par où nous pourrons entrer dans la ville, et nous te ferons grâce.

25. Il leur montra par où ils pourraient entrer dans la ville. Et ils frappèrent la ville du tranchant de l'épée ; mais ils laissèrent aller cet homme et toute sa famille.

26. Cet homme se rendit dans le pays des Héthiens ; il bâtit une ville, et lui donna le nom de Luz, nom qu'elle a porté jusqu'à ce jour.

27. Manassé ne chassa point les habitants de Beth Schean et des villes de son ressort, de Thaanac et des villes de son ressort, de Dor et des villes de son ressort, de Jibleam et des villes de son ressort, de Meguiddo et des villes de son ressort ; et les Cananéens voulurent rester dans ce pays.

28. Lorsqu'Israël fut assez fort, il assujettit les Cananéens à un tribut, mais il ne les chassa point.

29. Éphraïm ne chassa point les Cananéens qui habitaient à Guézer, et les Cananéens habitèrent au milieu d'Éphraïm à Guézer.

30. Zabulon ne chassa point les habitants de Kitron, ni les habitants de Nahalol ; et les Cananéens habitèrent au milieu de Zabulon, mais ils furent assujettis à un tribut.

31. Aser ne chassa point les habitants d'Acco, ni les habitants de Sidon, ni ceux d'Achlal, d'Aczib, de Helba, d'Aphik et de Rehob ;

32. et les Asérites habitèrent au milieu des Cananéens, habitants du pays, car ils ne les chassèrent point.

33. Nephthali ne chassa point les habitants de Beth Schémesch, ni les habitants de Beth Anath, et il habita au milieu des Cananéens, habitants du pays, mais les habitants de Beth Schémesch et de Beth Anath furent assujettis à un tribut.

34. Les Amoréens repoussèrent dans la montagne les fils de Dan, et ne les laissèrent pas descendre dans la plaine.

35. Les Amoréens voulurent rester à Har Hérès, à Ajalon et à Schaalbim ; mais la main de la maison de Joseph s'appesantit sur eux, et ils furent assujettis à un tribut.

36. Le territoire des Amoréens s'étendait depuis la montée d'Akrabbim, depuis Séla, et en dessus.

Juges 2

1. Un envoyé de l'Éternel monta de Guilgal à Bokim, et dit : Je vous ai fait monter hors d'Égypte, et je vous ai amenés dans le pays que j'ai juré à vos pères de vous donner. J'ai dit : Jamais je ne romprai mon alliance avec vous ;

2. et vous, vous ne traiterez point alliance avec les habitants de ce pays, vous renverserez leurs autels. Mais vous n'avez point obéi à ma voix. Pourquoi avez-vous fait cela ?

3. J'ai dit alors : Je ne les chasserai point devant vous ; mais ils seront à vos côtés, et leurs dieux vous seront un piège.

4. Lorsque l'envoyé de l'Éternel eut dit ces paroles à tous les enfants d'Israël, le peuple éleva la voix et pleura.

5. Ils donnèrent à ce lieu le nom de Bokim, et ils y offrirent des sacrifices à l'Éternel.

6. Josué renvoya le peuple, et les enfants d'Israël allèrent chacun dans son héritage pour prendre possession du pays.

7. Le peuple servit l'Éternel pendant toute la vie de Josué, et pendant toute la vie des anciens qui survécurent à Josué et qui avaient vu toutes les grandes choses que l'Éternel avait faites en faveur d'Israël.

8. Josué, fils de Nun, serviteur de l'Éternel, mourut âgé de cent dix ans.

9. On l'ensevelit dans le territoire qu'il avait eu en partage, à Thimnath Hérès, dans la montagne d'Éphraïm, au nord de la montagne de Gaasch.

10. Toute cette génération fut recueillie auprès de ses pères, et il s'éleva après elle une autre génération, qui ne connaissait point l'Éternel, ni ce qu'il avait fait en faveur d'Israël.

11. Les enfants d'Israël firent alors ce qui déplaît à l'Éternel, et ils servirent les Baals.

12. Ils abandonnèrent l'Éternel, le Dieu de leurs pères, qui les avait fait sortir du pays d'Égypte, et ils allèrent après d'autres dieux d'entre les dieux des peuples qui les entouraient ; ils se prosternèrent devant eux, et ils irritèrent l'Éternel.

13. Ils abandonnèrent l'Éternel, et ils servirent Baal et les Astartés.

14. La colère de l'Éternel s'enflamma contre Israël. Il les livra entre les mains de pillards qui les pillèrent, il les vendit entre les mains de leurs ennemis d'alentour, et ils ne purent plus résister à leurs ennemis.

15. Partout où ils allaient, la main de l'Éternel était contre eux pour leur faire du mal, comme l'Éternel l'avait dit, comme l'Éternel le leur avait juré. Ils furent ainsi dans une grande détresse.

16. L'Éternel suscita des juges, afin qu'ils les délivrassent de la main de ceux qui les pillaient.

17. Mais ils n'écoutèrent pas même leurs juges, car ils se prostituèrent à d'autres dieux, se prosternèrent devant eux. Ils se détournèrent promptement de la voie qu'avaient suivie leurs pères, et ils n'obéirent point comme eux aux commandements de l'Éternel.

18. Lorsque l'Éternel leur suscitait des juges, l'Éternel était avec le juge, et il les délivrait de la main de leurs ennemis pendant toute la vie du juge ; car l'Éternel avait pitié de leurs gémissements contre ceux qui les opprimaient et les tourmentaient.

19. Mais, à la mort du juge, ils se corrompaient de nouveau plus que leurs pères, en allant après d'autres dieux pour les servir et se prosterner devant eux, et ils persévéraient dans la même conduite et le même endurcissement.

20. Alors la colère de l'Éternel s'enflamma contre Israël, et il dit : Puisque cette nation a transgressé mon alliance que j'avais prescrite à ses pères, et puisqu'ils n'ont point obéi à ma voix,

21. je ne chasserai plus devant eux aucune des nations que Josué laissa quand il mourut.

22. C'est ainsi que je mettrai par elles Israël à l'épreuve, pour savoir

s'ils prendront garde ou non de suivre la voie de l'Éternel, comme leurs pères y ont pris garde.

23. Et l'Éternel laissa en repos ces nations qu'il n'avait pas livrées entre les mains de Josué, et il ne se hâta point de les chasser.

Juges 3

1. Voici les nations que l'Éternel laissa pour éprouver par elles Israël, tous ceux qui n'avaient pas connu toutes les guerres de Canaan.

2. Il voulait seulement que les générations des enfants d'Israël connussent et apprissent la guerre, ceux qui ne l'avaient pas connue auparavant.

3. Ces nations étaient : les cinq princes des Philistins, tous les Cananéens, les Sidoniens, et les Héviens qui habitaient la montagne du Liban, depuis la montagne de Baal Hermon jusqu'à l'entrée de Hamath.

4. Ces nations servirent à mettre Israël à l'épreuve, afin que l'Éternel sût s'ils obéiraient aux commandements qu'il avait prescrits à leurs pères par Moïse.

5. Et les enfants d'Israël habitèrent au milieu des Cananéens, des Héthiens, des Amoréens, des Phéréziens, des Héviens et des Jébusiens ;

6. ils prirent leurs filles pour femmes, ils donnèrent à leurs fils leurs propres filles, et ils servirent leurs dieux.

7. Les enfants d'Israël firent ce qui déplaît à l'Éternel, ils oublièrent l'Éternel, et ils servirent les Baals et les idoles.

8. La colère de l'Éternel s'enflamma contre Israël, et il les vendit entre les mains de Cuschan Rischeathaïm, roi de Mésopotamie. Et les enfants d'Israël furent asservis huit ans à Cuschan Rischeathaïm.

9. Les enfants d'Israël crièrent à l'Éternel, et l'Éternel leur suscita un libérateur qui les délivra, Othniel, fils de Kenaz, frère cadet de Caleb.

10. L'esprit de l'Éternel fut sur lui. Il devint juge en Israël, et il partit

pour la guerre. L'Éternel livra entre ses mains Cuschan Rischeathaïm, roi de Mésopotamie, et sa main fut puissante contre Cuschan Rischeathaïm.

11. Le pays fut en repos pendant quarante ans. Et Othniel, fils de Kenaz, mourut.

12. Les enfants d'Israël firent encore ce qui déplaît à l'Éternel ; et l'Éternel fortifia Églon, roi de Moab, contre Israël, parce qu'ils avaient fait ce qui déplaît à l'Éternel.

13. Églon réunit à lui les fils d'Ammon et les Amalécites, et il se mit en marche. Il battit Israël, et ils s'emparèrent de la ville des palmiers.

14. Et les enfants d'Israël furent asservis dix-huit ans à Églon, roi de Moab.

15. Les enfants d'Israël crièrent à l'Éternel, et l'Éternel leur suscita un libérateur, Éhud, fils de Guéra, Benjamite, qui ne se servait pas de la main droite. Les enfants d'Israël envoyèrent par lui un présent à Églon, roi de Moab.

16. Éhud se fit une épée à deux tranchants, longue d'une coudée, et il la ceignit sous ses vêtements, au côté droit.

17. Il offrit le présent à Églon, roi de Moab : or Églon était un homme très gras.

18. Lorsqu'il eut achevé d'offrir le présent, il renvoya les gens qui l'avaient apporté.

19. Il revint lui-même depuis les carrières près de Guilgal, et il dit : O roi ! j'ai quelque chose de secret à te dire. Le roi dit : Silence ! Et tous ceux qui étaient auprès de lui sortirent.

20. Éhud l'aborda comme il était assis seul dans sa chambre d'été, et il dit : J'ai une parole de Dieu pour toi. Églon se leva de son siège.

21. Alors Éhud avança la main gauche, tira l'épée de son côté droit, et la lui enfonça dans le ventre.

22. La poignée même entra après la lame, et la graisse se referma autour de la lame ; car il ne retira pas du ventre l'épée, qui sortit par derrière.

23. Éhud sortit par le portique, ferma sur lui les portes de la chambre haute, et tira le verrou.

24. Quand il fut sorti, les serviteurs du roi vinrent et regardèrent ; et

voici, les portes de la chambre haute étaient fermées au verrou. Ils dirent : Sans doute il se couvre les pieds dans la chambre d'été.

25. Ils attendirent longtemps ; et comme il n'ouvrait pas les portes de la chambre haute, ils prirent la clé et ouvrirent, et voici, leur maître était mort, étendu par terre.

26. Pendant leurs délais, Éhud prit la fuite, dépassa les carrières, et se sauva à Seïra.

27. Dès qu'il fut arrivé, il sonna de la trompette dans la montagne d'Éphraïm. Les enfants d'Israël descendirent avec lui de la montagne, et il se mit à leur tête.

28. Il leur dit : Suivez-moi, car l'Éternel a livré entre vos mains les Moabites, vos ennemis. Ils descendirent après lui, s'emparèrent des gués du Jourdain vis-à-vis de Moab, et ne laissèrent passer personne.

29. Ils battirent dans ce temps-là environ dix mille hommes de Moab, tous robustes, tous vaillants, et pas un n'échappa.

30. En ce jour, Moab fut humilié sous la main d'Israël. Et le pays fut en repos pendant quatre-vingts ans.

31. Après lui, il y eut Schamgar, fils d'Anath. Il battit six cents hommes des Philistins avec un aiguillon à boeufs. Et lui aussi fut un libérateur d'Israël.

Juges 4

1. Les enfants d'Israël firent encore ce qui déplaît à l'Éternel, après qu'Éhud fut mort.

2. Et l'Éternel les vendit entre les mains de Jabin, roi de Canaan, qui régnait à Hatsor. Le chef de son armée était Sisera, et habitait à Haroscheth Goïm.

3. Les enfants d'Israël crièrent à l'Éternel, car Jabin avait neuf cents chars de fer, et il opprimait avec violence les enfants d'Israël depuis vingt ans.

4. Dans ce temps-là, Débora, prophétesse, femme de Lappidoth, était juge en Israël.

5. Elle siégeait sous le palmier de Débora, entre Rama et Béthel, dans la montagne d'Éphraïm ; et les enfants d'Israël montaient vers elle pour être jugés.

6. Elle envoya appeler Barak, fils d'Abinoam, de Kédesch Nephthali, et elle lui dit : N'est-ce pas l'ordre qu'a donné l'Éternel, le Dieu d'Israël ? Va, dirige-toi sur le mont Thabor, et prends avec toi dix mille hommes des enfants de Nephthali et des enfants de Zabulon ;

7. j'attirerai vers toi, au torrent de Kison, Sisera, chef de l'armée de Jabin, avec ses chars et ses troupes, et je le livrerai entre tes mains.

8. Barak lui dit : Si tu viens avec moi, j'irai ; mais si tu ne viens pas avec moi, je n'irai pas.

9. Elle répondit : J'irai bien avec toi ; mais tu n'auras point de gloire sur la voie où tu marches, car l'Éternel livrera Sisera entre les mains d'une femme. Et Débora se leva, et elle se rendit avec Barak à Kédesch.

10. Barak convoqua Zabulon et Nephthali à Kédesch ; dix mille

hommes marchèrent à sa suite, et Débora partit avec lui.

11. Héber, le Kénien, s'était séparé des Kéniens, des fils de Hobab, beau-père de Moïse, et il avait dressé sa tente jusqu'au chêne de Tsaannaïm, près de Kédesch.

12. On informa Sisera que Barak, fils d'Abinoam, s'était dirigé sur le mont Thabor.

13. Et, depuis Haroscheth Goïm, Sisera rassembla vers le torrent de Kison tous ses chars, neuf cents chars de fer, et tout le peuple qui était avec lui.

14. Alors Débora dit à Barak : Lève-toi, car voici le jour où l'Éternel livre Sisera entre tes mains. L'Éternel ne marche-t-il pas devant toi ? Et Barak descendit du mont Thabor, ayant dix mille hommes à sa suite.

15. L'Éternel mit en déroute devant Barak, par le tranchant de l'épée, Sisera, tous ses chars et tout le camp. Sisera descendit de son char, et s'enfuit à pied.

16. Barak poursuivit les chars et l'armée jusqu'à Haroscheth Goïm ; et toute l'armée de Sisera tomba sous le tranchant de l'épée, sans qu'il en restât un seul homme.

17. Sisera se réfugia à pied dans la tente de Jaël, femme de Héber, le Kénien ; car il y avait paix entre Jabin, roi de Hatsor, et la maison de Héber, le Kénien.

18. Jaël sortit au-devant de Sisera, et lui dit : Entre, mon seigneur, entre chez moi, ne crains point. Il entra chez elle dans la tente, et elle le cacha sous une couverture.

19. Il lui dit : Donne-moi, je te prie, un peu d'eau à boire, car j'ai soif. Elle ouvrit l'outre du lait, lui donna à boire, et le couvrit.

20. Il lui dit encore : Tiens-toi à l'entrée de la tente, et si l'on vient t'interroger en disant : Y a-t-il ici quelqu'un ? tu répondras : Non.

21. Jaël, femme de Héber, saisit un pieu de la tente, prit en main le marteau, s'approcha de lui doucement, et lui enfonça dans la tempe le pieu, qui pénétra en terre. Il était profondément endormi et accablé de fatigue ; et il mourut.

22. Comme Barak poursuivait Sisera, Jaël sortit à sa rencontre et lui

dit : Viens, et je te montrerai l'homme que tu cherches. Il entra chez elle, et voici, Sisera était étendu mort, le pieu dans la tempe.

23. En ce jour, Dieu humilia Jabin, roi de Canaan, devant les enfants d'Israël.

24. Et la main des enfants d'Israël s'appesantit de plus en plus sur Jabin, roi de Canaan, jusqu'à ce qu'ils eussent exterminé Jabin, roi de Canaan.

Juges 5

1. En ce jour-là, Débora chanta ce cantique, avec Barak, fils d'Abinoam :

2. Des chefs se sont mis à la tête du peuple en Israël, Et le peuple s'est montré prêt à combattre : Bénissez-en l'Éternel !

3. Rois, écoutez ! Princes, prêtez l'oreille ! Je chanterai, oui, je chanterai à l'Éternel, Je chanterai à l'Éternel, le Dieu d'Israël.

4. O Éternel ! quand tu sortis de Séir, Quand tu t'avanças des champs d'Édom, La terre trembla, et les cieux se fondirent Et les nuées se fondirent en eaux ;

5. Les montagnes s'ébranlèrent devant l'Éternel, Ce Sinaï devant l'Éternel, le Dieu d'Israël.

6. Au temps de Schamgar, fils d'Anath, Au temps de Jaël, les routes étaient abandonnées, Et ceux qui voyageaient prenaient des chemins détournés.

7. Les chefs étaient sans force en Israël, sans force, Quand je me suis levée, moi, Débora, Quand je me suis levée comme une mère en Israël.

8. Il avait choisi de nouveaux dieux : Alors la guerre était aux portes ; On ne voyait ni bouclier ni lance Chez quarante milliers en Israël.

9. Mon coeur est aux chefs d'Israël, A ceux du peuple qui se sont montrés prêts à combattre. Bénissez l'Éternel !

10. Vous qui montez de blanches ânesses, Vous qui avez pour sièges des tapis, Et vous qui marchez sur la route, chantez !

11. Que de leur voix les archers, du milieu des abreuvoirs, Célèbrent les bienfaits de l'Éternel, Les bienfaits de son conducteur en Israël ! Alors le peuple de l'Éternel descendit aux portes.

12. Réveille-toi, réveille-toi, Débora ! Réveille-toi, réveille-toi, dis un cantique ! Lève-toi, Barak, et emmène tes captifs, fils d'Abinoam !

13. Alors un reste du peuple triompha des puissants, L'Éternel me donna la victoire sur les héros.

14. D'Éphraïm arrivèrent les habitants d'Amalek. A ta suite marcha Benjamin parmi ta troupe. De Makir vinrent des chefs, Et de Zabulon des commandants.

15. Les princes d'Issacar furent avec Débora, Et Issacar suivit Barak, Il fut envoyé sur ses pas dans la vallée. Près des ruisseaux de Ruben, Grandes furent les résolutions du coeur !

16. Pourquoi es-tu resté au milieu des étables A écouter le bêlement des troupeaux ? Aux ruisseaux de Ruben, Grandes furent les délibérations du coeur !

17. Galaad au delà du Jourdain n'a pas quitté sa demeure. Pourquoi Dan s'est-il tenu sur les navires ? Aser s'est assis sur le rivage de la mer, Et s'est reposé dans ses ports.

18. Zabulon est un peuple qui affronta la mort, Et Nephthali de même, Sur les hauteurs des champs.

19. Les rois vinrent, ils combattirent, Alors combattirent les rois de Canaan, A Thaanac, aux eaux de Meguiddo ; Ils ne remportèrent nul butin, nul argent.

20. Des cieux on combattit, De leurs sentiers les étoiles combattirent contre Sisera.

21. Le torrent de Kison les a entraînés, Le torrent des anciens temps, le torrent de Kison. Mon âme, foule aux pieds les héros !

22. Alors les talons des chevaux retentirent, A la fuite, à la fuite précipitée de leurs guerriers.

23. Maudissez Méroz, dit l'ange de l'Éternel, Maudissez, maudissez ses habitants, Car ils ne vinrent pas au secours de l'Éternel, Au secours de l'Éternel, parmi les hommes vaillants.

24. Bénie soit entre les femmes Jaël, Femme de Héber, le Kénien ! Bénie soit-elle entre les femmes qui habitent sous les tentes !

25. Il demanda de l'eau, elle a donné du lait, Dans la coupe d'honneur

elle a présenté de la crème.

26. D'une main elle a saisi le pieu, Et de sa droite le marteau des travailleurs ; Elle a frappé Sisera, lui a fendu la tête, Fracassé et transpercé la tempe.

27. Aux pieds de Jaël il s'est affaissé, il est tombé, il s'est couché ; A ses pieds il s'est affaissé, il est tombé ; Là où il s'est affaissé, là il est tombé sans vie.

28. Par la fenêtre, à travers le treillis, La mère de Sisera regarde, et s'écrie : Pourquoi son char tarde-t-il à venir ? Pourquoi ses chars vont-ils si lentement ?

29. Les plus sages d'entre ses femmes lui répondent, Et elle se répond à elle-même :

30. Ne trouvent-ils pas du butin ? ne le partagent-ils pas ? Une jeune fille, deux jeunes filles par homme, Du butin en vêtements de couleur pour Sisera, Du butin en vêtements de couleur, brodés, Un vêtement de couleur, deux vêtements brodés, Pour le cou du vainqueur.

31. Périssent ainsi tous tes ennemis, ô Éternel ! Ceux qui l'aiment sont comme le soleil, Quand il paraît dans sa force. Le pays fut en repos pendant quarante ans.

Juges 6

1. Les enfants d'Israël firent ce qui déplaît à l'Éternel ; et l'Éternel les livra entre les mains de Madian, pendant sept ans.

2. La main de Madian fut puissante contre Israël. Pour échapper à Madian, les enfants d'Israël se retiraient dans les ravins des montagnes, dans les cavernes et sur les rochers fortifiés.

3. Quand Israël avait semé, Madian montait avec Amalek et les fils de l'Orient, et ils marchaient contre lui.

4. Ils campaient en face de lui, détruisaient les productions du pays jusque vers Gaza, et ne laissaient en Israël ni vivres, ni brebis, ni boeufs, ni ânes.

5. Car ils montaient avec leurs troupeaux et leurs tentes, ils arrivaient comme une multitude de sauterelles, ils étaient innombrables, eux et leurs chameaux, et ils venaient dans le pays pour le ravager.

6. Israël fut très malheureux à cause de Madian, et les enfants d'Israël crièrent à l'Éternel.

7. Lorsque les enfants d'Israël crièrent à l'Éternel au sujet de Madian,

8. l'Éternel envoya un prophète aux enfants d'Israël. Il leur dit : Ainsi parle l'Éternel, le Dieu d'Israël : Je vous ai fait monter d'Égypte, et je vous ai fait sortir de la maison de servitude.

9. Je vous ai délivrés de la main des Égyptiens et de la main de tous ceux qui vous opprimaient ; je les ai chassés devant vous, et je vous ai donné leur pays.

10. Je vous ai dit : Je suis l'Éternel, votre Dieu ; vous ne craindrez point les dieux des Amoréens, dans le pays desquels vous habitez. Mais vous n'avez point écouté ma voix.

11. Puis vint l'ange de l'Éternel, et il s'assit sous le térébinthe d'Ophra, qui appartenait à Joas, de la famille d'Abiézer. Gédéon, son fils, battait du froment au pressoir, pour le mettre à l'abri de Madian.

12. L'ange de l'Éternel lui apparut, et lui dit : L'Éternel est avec toi, vaillant héros !

13. Gédéon lui dit : Ah ! mon seigneur, si l'Éternel est avec nous, pourquoi toutes ces choses nous sont-elles arrivées ? Et où sont tous ces prodiges que nos pères nous racontent, quand ils disent : L'Éternel ne nous a-t-il pas fait monter hors d'Égypte ? Maintenant l'Éternel nous abandonne, et il nous livre entre les mains de Madian !

14. L'Éternel se tourna vers lui, et dit : Va avec cette force que tu as, et délivre Israël de la main de Madian ; n'est-ce pas moi qui t'envoie ?

15. Gédéon lui dit : Ah ! mon seigneur, avec quoi délivrerai-je Israël ? Voici, ma famille est la plus pauvre en Manassé, et je suis le plus petit dans la maison de mon père.

16. L'Éternel lui dit : Mais je serai avec toi, et tu battras Madian comme un seul homme.

17. Gédéon lui dit : Si j'ai trouvé grâce à tes yeux, donne-moi un signe pour montrer que c'est toi qui me parles.

18. Ne t'éloigne point d'ici jusqu'à ce que je revienne auprès de toi, que j'apporte mon offrande, et que je la dépose devant toi. Et l'Éternel dit : Je resterai jusqu'à ce que tu reviennes.

19. Gédéon entra, prépara un chevreau, et fit avec un épha de farine des pains sans levain. Il mit la chair dans un panier et le jus dans un pot, les lui apporta sous le térébinthe, et les présenta.

20. L'ange de Dieu lui dit : Prends la chair et les pains sans levain, pose-les sur ce rocher, et répands le jus. Et il fit ainsi.

21. L'ange de l'Éternel avança l'extrémité du bâton qu'il avait à la main, et toucha la chair et les pains sans levain. Alors il s'éleva du rocher un feu qui consuma la chair et les pains sans levain. Et l'ange de l'Éternel disparut à ses yeux.

22. Gédéon, voyant que c'était l'ange de l'Éternel, dit : Malheur à moi, Seigneur Éternel ! car j'ai vu l'ange de l'Éternel face à face.

23. Et l'Éternel lui dit : Sois en paix, ne crains point, tu ne mourras

pas.

24. Gédéon bâtit là un autel à l'Éternel, et lui donna pour nom l'Éternel paix : il existe encore aujourd'hui à Ophra, qui appartenait à la famille d'Abiézer.

25. Dans la même nuit, l'Éternel dit à Gédéon : Prends le jeune taureau de ton père, et un second taureau de sept ans. Renverse l'autel de Baal qui est à ton père, et abats le pieu sacré qui est dessus.

26. Tu bâtiras ensuite et tu disposeras, sur le haut de ce rocher, un autel à l'Éternel ton Dieu. Tu prendras le second taureau, et tu offriras un holocauste, avec le bois de l'idole que tu auras abattue.

27. Gédéon prit dix hommes parmi ses serviteurs, et fit ce que l'Éternel avait dit ; mais, comme il craignait la maison de son père et les gens de la ville, il l'exécuta de nuit, et non de jour.

28. Lorsque les gens de la ville se furent levés de bon matin, voici, l'autel de Baal était renversé, le pieu sacré placé dessus était abattu, et le second taureau était offert en holocauste sur l'autel qui avait été bâti.

29. Ils se dirent l'un à l'autre : Qui a fait cela ? Et ils s'informèrent et firent des recherches. On leur dit : C'est Gédéon, fils de Joas, qui a fait cela.

30. Alors les gens de la ville dirent à Joas : Fais sortir ton fils, et qu'il meure, car il a renversé l'autel de Baal et abattu le pieu sacré qui était dessus.

31. Joas répondit à tous ceux qui se présentèrent à lui : Est-ce à vous de prendre parti pour Baal ? est-ce à vous de venir à son secours ? Quiconque prendra parti pour Baal mourra avant que le matin vienne. Si Baal est un dieu, qu'il plaide lui-même sa cause, puisqu'on a renversé son autel.

32. Et en ce jour l'on donna à Gédéon le nom de Jerubbaal, en disant : Que Baal plaide contre lui, puisqu'il a renversé son autel.

33. Tout Madian, Amalek et les fils de l'Orient, se rassemblèrent ; ils passèrent le Jourdain, et campèrent dans la vallée de Jizréel.

34. Gédéon fut revêtu de l'esprit de l'Éternel ; il sonna de la trompette, et Abiézer fut convoqué pour marcher à sa suite.

35. Il envoya des messagers dans tout Manassé, qui fut aussi

convoqué pour marcher à sa suite. Il envoya des messagers dans Aser, dans Zabulon et dans Nephthali, qui montèrent à leur rencontre.
36. Gédéon dit à Dieu : Si tu veux délivrer Israël par ma main, comme tu l'as dit,
37. voici, je vais mettre une toison de laine dans l'aire ; si la toison seule se couvre de rosée et que tout le terrain reste sec, je connaîtrai que tu délivreras Israël par ma main, comme tu l'as dit.

38. Et il arriva ainsi. Le jour suivant, il se leva de bon matin, pressa la toison, et en fit sortir la rosée, qui donna de l'eau plein une coupe.
39. Gédéon dit à Dieu : Que ta colère ne s'enflamme point contre moi, et je ne parlerai plus que cette fois : Je voudrais seulement faire encore une épreuve avec la toison : que la toison seule reste sèche, et que tout le terrain se couvre de rosée.
40. Et Dieu fit ainsi cette nuit-là. La toison seule resta sèche, et tout le terrain se couvrit de rosée.

Juges 7

1. Jerubbaal, qui est Gédéon, et tout le peuple qui était avec lui, se levèrent de bon matin, et campèrent près de la source de Harod. Le camp de Madian était au nord de Gédéon, vers la colline de Moré, dans la vallée.

2. L'Éternel dit à Gédéon : Le peuple que tu as avec toi est trop nombreux pour que je livre Madian entre ses mains ; il pourrait en tirer gloire contre moi, et dire : C'est ma main qui m'a délivré.

3. Publie donc ceci aux oreilles du peuple : Que celui qui est craintif et qui a peur s'en retourne et s'éloigne de la montagne de Galaad. Vingt-deux mille hommes parmi le peuple s'en retournèrent, et il en resta dix mille.

4. L'Éternel dit à Gédéon : Le peuple est encore trop nombreux. Fais-les descendre vers l'eau, et là je t'en ferai le triage ; celui dont je te dirai : Que celui-ci aille avec toi, ira avec toi ; et celui dont je te dirai : Que celui-ci n'aille pas avec toi, n'ira pas avec toi.

5. Gédéon fit descendre le peuple vers l'eau, et l'Éternel dit à Gédéon : Tous ceux qui laperont l'eau avec la langue comme lape le chien, tu les sépareras de tous ceux qui se mettront à genoux pour boire.

6. Ceux qui lapèrent l'eau en la portant à la bouche avec leur main furent au nombre de trois cents hommes, et tout le reste du peuple se mit à genoux pour boire.

7. Et l'Éternel dit à Gédéon : C'est par les trois cents hommes qui ont lapé, que je vous sauverai et que je livrerai Madian entre tes mains. Que tout le reste du peuple s'en aille chacun chez soi.

8. On prit les vivres du peuple et ses trompettes. Puis Gédéon renvoya tous les hommes d'Israël chacun dans sa tente, et il retint les trois cents hommes. Le camp de Madian était au-dessous de lui dans la vallée.

9. L'Éternel dit à Gédéon pendant la nuit : Lève-toi, descends au camp, car je l'ai livré entre tes mains.

10. Si tu crains de descendre, descends-y avec Pura, ton serviteur.

11. Tu écouteras ce qu'ils diront, et après cela tes mains seront fortifiées : descends donc au camp. Il descendit avec Pura, son serviteur, jusqu'aux avant-postes du camp.

12. Madian, Amalek, et tous les fils de l'Orient, étaient répandus dans la vallée comme une multitude de sauterelles, et leurs chameaux étaient innombrables comme le sable qui est sur le bord de la mer.

13. Gédéon arriva ; et voici, un homme racontait à son camarade un songe. Il disait : J'ai eu un songe ; et voici, un gâteau de pain d'orge roulait dans le camp de Madian ; il est venu heurter jusqu'à la tente, et elle est tombée ; il l'a retournée sens dessus dessous, et elle a été renversée.

14. Son camarade répondit, et dit : Ce n'est pas autre chose que l'épée de Gédéon, fils de Joas, homme d'Israël ; Dieu a livré entre ses mains Madian et tout le camp.

15. Lorsque Gédéon eut entendu le récit du songe et son explication, il se prosterna, revint au camp d'Israël, et dit : Levez-vous, car l'Éternel a livré entre vos mains le camp de Madian.

16. Il divisa en trois corps les trois cents hommes, et il leur remit à tous des trompettes et des cruches vides, avec des flambeaux dans les cruches.

17. Il leur dit : Vous me regarderez et vous ferez comme moi. Dès que j'aborderai le camp, vous ferez ce que je ferai ;

18. et quand je sonnerai de la trompette, moi et tous ceux qui seront avec moi, vous sonnerez aussi de la trompette tout autour du camp, et vous direz : Pour l'Éternel et pour Gédéon !

19. Gédéon et les cent hommes qui étaient avec lui arrivèrent aux abords du camp au commencement de la veille du milieu, comme on venait de placer les gardes. Ils sonnèrent de la trompette, et brisèrent

les cruches qu'ils avaient à la main.

20. Les trois corps sonnèrent de la trompette, et brisèrent les cruches ; ils saisirent de la main gauche les flambeaux et de la main droite les trompettes pour sonner, et ils s'écrièrent : Épée pour l'Éternel et pour Gédéon !

21. Ils restèrent chacun à sa place autour du camp, et tout le camp se mit à courir, à pousser des cris, et à prendre la fuite.

22. Les trois cents hommes sonnèrent encore de la trompette ; et, dans tout le camp, l'Éternel leur fit tourner l'épée les uns contre les autres. Le camp s'enfuit jusqu'à Beth Schitta vers Tseréra, jusqu'au bord d'Abel Mehola près de Tabbath.

23. Les hommes d'Israël se rassemblèrent, ceux de Nephthali, d'Aser et de tout Manassé, et ils poursuivirent Madian.

24. Gédéon envoya des messagers dans toute la montagne d'Éphraïm, pour dire : Descendez à la rencontre de Madian, et coupez-leur le passage des eaux jusqu'à Beth Bara et celui du Jourdain. Tous les hommes d'Éphraïm se rassemblèrent et ils s'emparèrent du passage des eaux jusqu'à Beth Bara et de celui du Jourdain.

25. Ils saisirent deux chefs de Madian, Oreb et Zeeb ; ils tuèrent Oreb au rocher d'Oreb, et ils tuèrent Zeeb au pressoir de Zeeb. Ils poursuivirent Madian, et ils apportèrent les têtes d'Oreb et de Zeeb à Gédéon de l'autre côté du Jourdain.

Juges 8

1. Les hommes d'Éphraïm dirent à Gédéon : Que signifie cette manière d'agir envers nous ? pourquoi ne pas nous avoir appelés, quand tu es allé combattre Madian ? Et ils eurent avec lui une violente querelle.

2. Gédéon leur répondit : Qu'ai-je fait en comparaison de vous ? Le grappillage d'Éphraïm ne vaut-il pas mieux que la vendange d'Abiézer ?

3. C'est entre vos mains que Dieu a livré les chefs de Madian, Oreb et Zeeb. Qu'ai-je donc pu faire en comparaison de vous ? Lorsqu'il eut ainsi parlé, leur colère contre lui s'apaisa.

4. Gédéon arriva au Jourdain, et il le passa, lui et les trois cents hommes qui étaient avec lui, fatigués, mais poursuivant toujours.

5. Il dit aux gens de Succoth : Donnez, je vous prie, quelques pains au peuple qui m'accompagne, car ils sont fatigués, et je suis à la poursuite de Zébach et de Tsalmunna, rois de Madian.

6. Les chefs de Succoth répondirent : La main de Zébach et de Tsalmunna est-elle déjà en ton pouvoir, pour que nous donnions du pain à ton armée ?

7. Et Gédéon dit : Eh bien ! lorsque l'Éternel aura livré entre mes mains Zébach et Tsalmunna, je broierai votre chair avec des épines du désert et avec des chardons.

8. De là il monta à Penuel, et il fit aux gens de Penuel la même demande. Ils lui répondirent comme avaient répondu ceux de Succoth.

9. Et il dit aussi aux gens de Penuel : Quand je reviendrai en paix, je renverserai cette tour.

10. Zébach et Tsalmunna étaient à Karkor et leur armée avec eux, environ quinze mille hommes, tous ceux qui étaient restés de l'armée entière des fils de l'Orient ; cent vingt mille hommes tirant l'épée avaient été tués.

11. Gédéon monta par le chemin de ceux qui habitent sous les tentes, à l'orient de Nobach et de Jogbeha, et il battit l'armée qui se croyait en sûreté.

12. Zébach et Tsalmunna prirent la fuite ; Gédéon les poursuivit, il s'empara des deux rois de Madian, Zébach et Tsalmunna, et il mit en déroute toute l'armée.

13. Gédéon, fils de Joas, revint de la bataille par la montée de Hérès.

14. Il saisit d'entre les gens de Succoth un jeune homme qu'il interrogea, et qui lui mit par écrit les noms des chefs et des anciens de Succoth, soixante-dix-sept hommes.

15. Puis il vint auprès des gens de Succoth, et dit : Voici Zébach et Tsalmunna, au sujet desquels vous m'avez insulté, en disant : La main de Zébach et de Tsalmunna est-elle déjà en ton pouvoir, pour que nous donnions du pain à tes hommes fatigués ?

16. Et il prit les anciens de la ville, et châtia les gens de Succoth avec des épines du désert et avec des chardons.

17. Il renversa aussi la tour de Penuel, et tua les gens de la ville.

18. Il dit à Zébach et à Tsalmunna : Comment étaient les hommes que vous avez tués au Thabor ? Ils répondirent : Ils étaient comme toi, chacun avait l'air d'un fils de roi.

19. Il dit : C'étaient mes frères, fils de ma mère. L'Éternel est vivant ! si vous les eussiez laissés vivre, je ne vous tuerais pas.

20. Et il dit à Jéther, son premier-né : Lève-toi, tue-les ! Mais le jeune homme ne tira point son épée, parce qu'il avait peur, car il était encore un enfant.

21. Zébach et Tsalmunna dirent : Lève-toi toi-même, et tue-nous ! car tel est l'homme, telle est sa force. Et Gédéon se leva, et tua Zébach et Tsalmunna. Il prit ensuite les croissants qui étaient aux cous de leurs chameaux.

22. Les hommes d'Israël dirent à Gédéon : Domine sur nous, et toi, et

ton fils, et le fils de ton fils, car tu nous as délivrés de la main de Madian.

23. Gédéon leur dit : Je ne dominerai point sur vous, et mes fils ne domineront point sur vous ; c'est l'Éternel qui dominera sur vous.

24. Gédéon leur dit : J'ai une demande à vous faire : donnez-moi chacun les anneaux que vous avez eus pour butin. -Les ennemis avaient des anneaux d'or, car ils étaient Ismaélites. -

25. Ils dirent : Nous les donnerons volontiers. Et ils étendirent un manteau, sur lequel chacun jeta les anneaux de son butin.

26. Le poids des anneaux d'or que demanda Gédéon fut de mille sept cents sicles d'or, sans les croissants, les pendants d'oreilles, et les vêtements de pourpre que portaient les rois de Madian, et sans les colliers qui étaient aux cous de leurs chameaux.

27. Gédéon en fit un éphod, et il le plaça dans sa ville, à Ophra, où il devint l'objet des prostitutions de tout Israël ; et il fut un piège pour Gédéon et pour sa maison.

28. Madian fut humilié devant les enfants d'Israël, et il ne leva plus la tête. Et le pays fut en repos pendant quarante ans, durant la vie de Gédéon.

29. Jerubbaal, fils de Joas, s'en retourna, et demeura dans sa maison.

30. Gédéon eut soixante-dix fils, issus de lui, car il eut plusieurs femmes.

31. Sa concubine, qui était à Sichem, lui enfanta aussi un fils, à qui on donna le nom d'Abimélec.

32. Gédéon, fils de Joas, mourut après une heureuse vieillesse ; et il fut enterré dans le sépulcre de Joas, son père, à Ophra, qui appartenait à la famille d'Abiézer.

33. Lorsque Gédéon fut mort, les enfants d'Israël recommencèrent à se prostituer aux Baals, et ils prirent Baal Berith pour leur dieu.

34. Les enfants d'Israël ne se souvinrent point de l'Éternel, leur Dieu, qui les avait délivrés de la main de tous les ennemis qui les entouraient.

35. Et ils n'eurent point d'attachement pour la maison de Jerubbaal, de Gédéon, après tout le bien qu'il avait fait à Israël.

Juges 9

1. Abimélec, fils de Jerubbaal, se rendit à Sichem vers les frères de sa mère, et voici comment il leur parla, ainsi qu'à toute la famille de la maison du père de sa mère :

2. Dites, je vous prie, aux oreilles de tous les habitants de Sichem : Vaut-il mieux pour vous que soixante-dix hommes, tous fils de Jerubbaal, dominent sur vous, ou qu'un seul homme domine sur vous ? Et souvenez-vous que je suis votre os et votre chair.

3. Les frères de sa mère répétèrent pour lui toutes ces paroles aux oreilles de tous les habitants de Sichem, et leur coeur inclina en faveur d'Abimélec, car ils se disaient : C'est notre frère.

4. Ils lui donnèrent soixante-dix sicles d'argent, qu'ils enlevèrent de la maison de Baal Berith. Abimélec s'en servit pour acheter des misérables et des turbulents, qui allèrent après lui.

5. Il vint dans la maison de son père à Ophra, et il tua ses frères, fils de Jerubbaal, soixante-dix hommes, sur une même pierre. Il n'échappa que Jotham, le plus jeune fils de Jerubbaal, car il s'était caché.

6. Tous les habitants de Sichem et toute la maison de Millo se rassemblèrent ; ils vinrent, et proclamèrent roi Abimélec, près du chêne planté dans Sichem.

7. Jotham en fut informé. Il alla se placer sur le sommet de la montagne de Garizim, et voici ce qu'il leur cria à haute voix : Écoutez-moi, habitants de Sichem, et que Dieu vous écoute !

8. Les arbres partirent pour aller oindre un roi et le mettre à leur tête. Ils dirent à l'olivier : Règne sur nous.

9. Mais l'olivier leur répondit : Renoncerais-je à mon huile, qui m'assure les hommages de Dieu et des hommes, pour aller planer sur les arbres ?

10. Et les arbres dirent au figuier : Viens, toi, règne sur nous.

11. Mais le figuier leur répondit : Renoncerais-je à ma douceur et à mon excellent fruit, pour aller planer sur les arbres ?

12. Et les arbres dirent à la vigne : Viens, toi, règne sur nous.

13. Mais la vigne leur répondit : Renoncerais-je à mon vin, qui réjouit Dieu et les hommes, pour aller planer sur les arbres ?

14. Alors tous les arbres dirent au buisson d'épines : Viens, toi, règne sur nous.

15. Et le buisson d'épines répondit aux arbres : Si c'est de bonne foi que vous voulez m'oindre pour votre roi, venez, réfugiez-vous sous mon ombrage ; sinon, un feu sortira du buisson d'épines, et dévorera les cèdres du Liban.

16. Maintenant, est-ce de bonne foi et avec intégrité que vous avez agi en proclamant roi Abimélec ? avez-vous eu de la bienveillance pour Jerubbaal et sa maison ? l'avez-vous traité selon les services qu'il a rendus ? -

17. Car mon père a combattu pour vous, il a exposé sa vie, et il vous a délivrés de la main de Madian ;

18. et vous, vous vous êtes levés contre la maison de mon père, vous avez tué ses fils, soixante-dix hommes, sur une même pierre, et vous avez proclamé roi sur les habitants de Sichem, Abimélec, fils de sa servante, parce qu'il est votre frère.

19. Si c'est de bonne foi et avec intégrité qu'en ce jour vous avez agi envers Jerubbaal et sa maison, eh bien ! qu'Abimélec fasse votre joie, et que vous fassiez aussi la sienne !

20. Sinon, qu'un feu sorte d'Abimélec et dévore les habitants de Sichem et la maison de Millo, et qu'un feu sorte des habitants de Sichem et de la maison de Millo et dévore Abimélec !

21. Jotham se retira et prit la fuite ; il s'en alla à Beer, où il demeura loin d'Abimélec, son frère.

22. Abimélec avait dominé trois ans sur Israël.

23. Alors Dieu envoya un mauvais esprit entre Abimélec et les

habitants de Sichem, et les habitants de Sichem furent infidèles à Abimélec,

24. afin que la violence commise sur les soixante-dix fils de Jerubbaal reçût son châtiment, et que leur sang retombât sur Abimélec, leur frère, qui les avait tués, et sur les habitants de Sichem, qui l'avaient aidé à tuer ses frères.

25. Les habitants de Sichem placèrent en embuscade contre lui, sur les sommets des montagnes, des gens qui dépouillaient tous ceux qui passaient près d'eux sur le chemin. Et cela fut rapporté à Abimélec.

26. Gaal, fils d'Ébed, vint avec ses frères, et ils passèrent à Sichem. Les habitants de Sichem eurent confiance en lui.

27. Ils sortirent dans la campagne, vendangèrent leurs vignes, foulèrent les raisins, et se livrèrent à des réjouissances ; ils entrèrent dans la maison de leur dieu, ils mangèrent et burent, et ils maudirent Abimélec.

28. Et Gaal, fils d'Ébed, disait : Qui est Abimélec, et qu'est Sichem, pour que nous servions Abimélec ? N'est-il pas fils de Jerubbaal, et Zebul n'est-il pas son commissaire ? Servez les hommes de Hamor, père de Sichem ; mais nous, pourquoi servirions-nous Abimélec ?

29. Oh ! si j'étais le maître de ce peuple, je renverserais Abimélec. Et il disait d'Abimélec : Renforce ton armée, mets-toi en marche !

30. Zebul, gouverneur de la ville, apprit ce que disait Gaal, fils d'Ébed, et sa colère s'enflamma.

31. Il envoya secrètement des messagers à Abimélec, pour lui dire : Voici, Gaal, fils d'Ébed, et ses frères, sont venus à Sichem, et ils soulèvent la ville contre toi.

32. Maintenant, pars de nuit, toi et le peuple qui est avec toi, et mets-toi en embuscade dans la campagne.

33. Le matin, au lever du soleil, tu fondras avec impétuosité sur la ville. Et lorsque Gaal et le peuple qui est avec lui sortiront contre toi, tu lui feras ce que tes forces permettront.

34. Abimélec et tout le peuple qui était avec lui partirent de nuit, et ils se mirent en embuscade près de Sichem, divisés en quatre corps.

35. Gaal, fils d'Ébed, sortit, et il se tint à l'entrée de la porte de la ville. Abimélec et tout le peuple qui était avec lui se levèrent alors de

l'embuscade.

36. Gaal aperçut le peuple, et il dit à Zebul : Voici un peuple qui descend du sommet des montagnes. Zebul lui répondit : C'est l'ombre des montagnes que tu prends pour des hommes.

37. Gaal, reprenant la parole, dit : C'est bien un peuple qui descend des hauteurs du pays, et une troupe arrive par le chemin du chêne des devins.

38. Zebul lui répondit : Où donc est ta bouche, toi qui disais : Qui est Abimélec, pour que nous le servions ? N'est-ce point là le peuple que tu méprisais ? Marche maintenant, livre-lui bataille !

39. Gaal s'avança à la tête des habitants de Sichem, et livra bataille à Abimélec.

40. Poursuivi par Abimélec, il prit la fuite devant lui, et beaucoup d'hommes tombèrent morts jusqu'à l'entrée de la porte.

41. Abimélec s'arrêta à Aruma. Et Zebul chassa Gaal et ses frères, qui ne purent rester à Sichem.

42. Le lendemain, le peuple sortit dans la campagne. Abimélec, qui en fut informé,

43. prit sa troupe, la partagea en trois corps, et se mit en embuscade dans la campagne. Ayant vu que le peuple sortait de la ville, il se leva contre eux, et les battit.

44. Abimélec et les corps qui étaient avec lui se portèrent en avant, et se placèrent à l'entrée de la porte de la ville ; deux de ces corps se jetèrent sur tous ceux qui étaient dans la campagne, et les battirent.

45. Abimélec attaqua la ville pendant toute la journée ; il s'en empara, et tua le peuple qui s'y trouvait. Puis il rasa la ville, et y sema du sel.

46. A cette nouvelle, tous les habitants de la tour de Sichem se rendirent dans la forteresse de la maison du dieu Berith.

47. On avertit Abimélec que tous les habitants de la tour de Sichem s'y étaient rassemblés.

48. Alors Abimélec monta sur la montagne de Tsalmon, lui et tout le peuple qui était avec lui. Il prit en main une hache, coupa une branche d'arbre, l'enleva et la mit sur son épaule. Ensuite il dit au

peuple qui était avec lui : Vous avez vu ce que j'ai fait, hâtez-vous de faire comme moi.

49. Et ils coupèrent chacun une branche, et suivirent Abimélec ; ils placèrent les branches contre la forteresse, et l'incendièrent avec ceux qui y étaient. Ainsi périrent tous les gens de la tour de Sichem, au nombre d'environ mille, hommes et femmes.

50. Abimélec marcha contre Thébets. Il assiégea Thébets, et s'en empara.

51. Il y avait au milieu de la ville une forte tour, où se réfugièrent tous les habitants de la ville, hommes et femmes ; ils fermèrent sur eux, et montèrent sur le toit de la tour.

52. Abimélec parvint jusqu'à la tour ; il l'attaqua, et s'approcha de la porte pour y mettre le feu.

53. Alors une femme lança sur la tête d'Abimélec un morceau de meule de moulin, et lui brisa le crâne.

54. Aussitôt il appela le jeune homme qui portait ses armes, et lui dit : Tire ton épée, et donne-moi la mort, de peur qu'on ne dise de moi : C'est une femme qui l'a tué. Le jeune homme le perça, et il mourut.

55. Quand les hommes d'Israël virent qu'Abimélec était mort, ils s'en allèrent chacun chez soi.

56. Ainsi Dieu fit retomber sur Abimélec le mal qu'il avait fait à son père, en tuant ses soixante-dix frères,

57. et Dieu fit retomber sur la tête des gens de Sichem tout le mal qu'ils avaient fait. Ainsi s'accomplit sur eux la malédiction de Jotham, fils de Jerubbaal.

Juges 10

1. Après Abimélec, Thola, fils de Pua, fils de Dodo, homme d'Issacar, se leva pour délivrer Israël ; il habitait à Schamir, dans la montagne d'Éphraïm.
2. Il fut juge en Israël pendant vingt-trois ans ; puis il mourut, et fut enterré à Schamir.
3. Après lui, se leva Jaïr, le Galaadite, qui fut juge en Israël pendant vingt-deux ans.
4. Il avait trente fils, qui montaient sur trente ânons, et qui possédaient trente villes, appelées encore aujourd'hui bourgs de Jaïr, et situées dans le pays de Galaad.
5. Et Jaïr mourut, et fut enterré à Kamon.
6. Les enfants d'Israël firent encore ce qui déplaît à l'Éternel ; ils servirent les Baals et les Astartés, les dieux de Syrie, les dieux de Sidon, les dieux de Moab, les dieux des fils d'Ammon, et les dieux des Philistins, et ils abandonnèrent l'Éternel et ne le servirent plus.
7. La colère de l'Éternel s'enflamma contre Israël, et il les vendit entre les mains des Philistins et entre les mains des fils d'Ammon.
8. Ils opprimèrent et écrasèrent les enfants d'Israël cette année-là, et pendant dix-huit ans tous les enfants d'Israël qui étaient de l'autre côté du Jourdain dans le pays des Amoréens en Galaad.
9. Les fils d'Ammon passèrent le Jourdain pour combattre aussi contre Juda, contre Benjamin et contre la maison d'Éphraïm. Et Israël fut dans une grande détresse.
10. Les enfants d'Israël crièrent à l'Éternel, en disant : Nous avons péché contre toi, car nous avons abandonné notre Dieu et nous avons servi les Baals.

11. L'Éternel dit aux enfants d'Israël : Ne vous ai-je pas délivrés des Égyptiens, des Amoréens, des fils d'Ammon, des Philistins ?

12. Et lorsque les Sidoniens, Amalek et Maon, vous opprimèrent, et que vous criâtes à moi, ne vous ai-je pas délivrés de leurs mains ?

13. Mais vous, vous m'avez abandonné, et vous avez servi d'autres dieux. C'est pourquoi je ne vous délivrerai plus.

14. Allez, invoquez les dieux que vous avez choisis ; qu'ils vous délivrent au temps de votre détresse !

15. Les enfants d'Israël dirent à l'Éternel : Nous avons péché ; traite-nous comme il te plaira. Seulement, daigne nous délivrer aujourd'hui !

16. Et ils ôtèrent les dieux étrangers du milieu d'eux, et servirent l'Éternel, qui fut touché des maux d'Israël.

17. Les fils d'Ammon se rassemblèrent et campèrent en Galaad, et les enfants d'Israël se rassemblèrent et campèrent à Mitspa.

18. Le peuple, les chefs de Galaad se dirent l'un à l'autre : Quel est l'homme qui commencera l'attaque contre les fils d'Ammon ? Il sera chef de tous les habitants de Galaad.

Juges 11

1. Jephthé, le Galaadite, était un vaillant héros. Il était fils d'une femme prostituée ; et c'est Galaad qui avait engendré Jephthé.

2. La femme de Galaad lui enfanta des fils, qui, devenus grands, chassèrent Jephthé, et lui dirent : Tu n'hériteras pas dans la maison de notre père, car tu es fils d'une autre femme.

3. Et Jephthé s'enfuit loin de ses frères, et il habita dans le pays de Tob. Des gens de rien se rassemblèrent auprès de Jephthé, et ils faisaient avec lui des excursions.

4. Quelque temps après, les fils d'Ammon firent la guerre à Israël.

5. Et comme les fils d'Ammon faisaient la guerre à Israël, les anciens de Galaad allèrent chercher Jephthé au pays de Tob.

6. Ils dirent à Jephthé : Viens, tu seras notre chef, et nous combattrons les fils d'Ammon.

7. Jephthé répondit aux anciens de Galaad : N'avez-vous pas eu de la haine pour moi, et ne m'avez-vous pas chassé de la maison de mon père ? Pourquoi venez-vous à moi maintenant que vous êtes dans la détresse ?

8. Les anciens de Galaad dirent à Jephthé : Nous revenons à toi maintenant, afin que tu marches avec nous, que tu combattes les fils d'Ammon, et que tu sois notre chef, celui de tous les habitants de Galaad.

9. Jephthé répondit aux anciens de Galaad : Si vous me ramenez pour combattre les fils d'Ammon, et que l'Éternel les livre devant moi, je serai votre chef.

10. Les anciens de Galaad dirent à Jephthé : Que l'Éternel nous entende, et qu'il juge, si nous ne faisons pas ce que tu dis.

11. Et Jephthé partit avec les anciens de Galaad. Le peuple le mit à sa tête et l'établit comme chef, et Jephthé répéta devant l'Éternel, à Mitspa, toutes les paroles qu'il avait prononcées.

12. Jephthé envoya des messagers au roi des fils d'Ammon, pour lui dire : Qu'y a-t-il entre moi et toi, que tu viennes contre moi pour faire la guerre à mon pays ?

13. Le roi des fils d'Ammon répondit aux messagers de Jephthé : C'est qu'Israël, quand il est monté d'Égypte, s'est emparé de mon pays, depuis l'Arnon jusqu'au Jabbok et au Jourdain. Rends-le maintenant de bon gré.

14. Jephthé envoya de nouveau des messagers au roi des fils d'Ammon,

15. pour lui dire : Ainsi parle Jephthé : Israël ne s'est point emparé du pays de Moab, ni du pays des fils d'Ammon.

16. Car lorsque Israël est monté d'Égypte, il a marché dans le désert jusqu'à la mer Rouge, et il est arrivé à Kadès.

17. Alors Israël envoya des messagers au roi d'Édom, pour lui dire : Laisse-moi passer par ton pays. Mais le roi d'Édom n'y consentit pas. Il en envoya aussi au roi de Moab, qui refusa. Et Israël resta à Kadès.

18. Puis il marcha par le désert, tourna le pays d'Édom et le pays de Moab, et vint à l'orient du pays de Moab ; ils campèrent au delà de l'Arnon, sans entrer sur le territoire de Moab, car l'Arnon est la frontière de Moab.

19. Israël envoya des messagers à Sihon, roi des Amoréens, roi de Hesbon, et Israël lui dit : Laisse-nous passer par ton pays jusqu'au lieu où nous allons.

20. Mais Sihon n'eut pas assez confiance en Israël pour le laisser passer sur son territoire ; il rassembla tout son peuple, campa à Jahats, et combattit Israël.

21. L'Éternel, le Dieu d'Israël, livra Sihon et tout son peuple entre les mains d'Israël, qui les battit. Israël s'empara de tout le pays des Amoréens établis dans cette contrée.

22. Ils s'emparèrent de tout le territoire des Amoréens, depuis l'Arnon jusqu'au Jabbok, et depuis le désert jusqu'au Jourdain.

23. Et maintenant que l'Éternel, le Dieu d'Israël, a chassé les Amoréens devant son peuple d'Israël, est-ce toi qui aurais la possession de leur pays ?

24. Ce que ton dieu Kemosch te donne à posséder, ne le posséderais-tu pas ? Et tout ce que l'Éternel, notre Dieu, a mis en notre possession devant nous, nous ne le posséderions pas !

25. Vaux-tu donc mieux que Balak, fils de Tsippor, roi de Moab ? A-t-il contesté avec Israël, ou lui a-t-il fait la guerre ?

26. Voilà trois cents ans qu'Israël habite à Hesbon et dans les villes de son ressort, à Aroër et dans les villes de son ressort, et dans toutes les villes qui sont sur les bords de l'Arnon : pourquoi ne les lui avez-vous pas enlevées pendant ce temps-là ?

27. Je ne t'ai point offensé, et tu agis mal avec moi en me faisant la guerre. Que l'Éternel, le juge, soit aujourd'hui juge entre les enfants d'Israël et les fils d'Ammon !

28. Le roi des fils d'Ammon n'écouta point les paroles que Jephthé lui fit dire.

29. L'esprit de l'Éternel fut sur Jephthé. Il traversa Galaad et Manassé ; il passa à Mitspé de Galaad ; et de Mitspé de Galaad, il marcha contre les fils d'Ammon.

30. Jephthé fit un voeu à l'Éternel, et dit : Si tu livres entre mes mains les fils d'Ammon,

31. quiconque sortira des portes de ma maison au-devant de moi, à mon heureux retour de chez les fils d'Ammon, sera consacré à l'Éternel, et je l'offrirai en holocauste.

32. Jephthé marcha contre les fils d'Ammon, et l'Éternel les livra entre ses mains.

33. Il leur fit éprouver une très grande défaite, depuis Aroër jusque vers Minnith, espace qui renfermait vingt villes, et jusqu'à Abel Keramim. Et les fils d'Ammon furent humiliés devant les enfants d'Israël.

34. Jephthé retourna dans sa maison à Mitspa. Et voici, sa fille sortit au-devant de lui avec des tambourins et des danses. C'était son unique enfant ; il n'avait point de fils et point d'autre fille.

35. Dès qu'il la vit, il déchira ses vêtements, et dit : Ah ! ma fille ! tu

me jettes dans l'abattement, tu es au nombre de ceux qui me troublent ! J'ai fait un voeu à l'Éternel, et je ne puis le révoquer.

36. Elle lui dit : Mon père, si tu as fait un voeu à l'Éternel, traite-moi selon ce qui est sorti de ta bouche, maintenant que l'Éternel t'a vengé de tes ennemis, des fils d'Ammon.

37. Et elle dit à son père : Que ceci me soit accordé : laisse-moi libre pendant deux mois ! Je m'en irai, je descendrai dans les montagnes, et je pleurerai ma virginité avec mes compagnes.

38. Il répondit : Va ! Et il la laissa libre pour deux mois. Elle s'en alla avec ses compagnes, et elle pleura sa virginité sur les montagnes.

39. Au bout des deux mois, elle revint vers son père, et il accomplit sur elle le voeu qu'il avait fait. Elle n'avait point connu d'homme. Dès lors s'établit en Israël la coutume

40. que tous les ans les filles d'Israël s'en vont célébrer la fille de Jephthé, le Galaadite, quatre jours par année.

Juges 12

1. Les hommes d'Éphraïm se rassemblèrent, partirent pour le nord, et dirent à Jephthé : Pourquoi es-tu allé combattre les fils d'Ammon sans nous avoir appelés à marcher avec toi ? Nous voulons incendier ta maison et te brûler avec elle.

2. Jephthé leur répondit : Nous avons eu de grandes contestations, moi et mon peuple, avec les fils d'Ammon ; et quand je vous ai appelés, vous ne m'avez pas délivré de leurs mains.

3. Voyant que tu ne venais pas à mon secours, j'ai exposé ma vie, et j'ai marché contre les fils d'Ammon. L'Éternel les a livrés entre mes mains. Pourquoi donc aujourd'hui montez-vous contre moi pour me faire la guerre ?

4. Jephthé rassembla tous les hommes de Galaad, et livra bataille à Éphraïm. Les hommes de Galaad battirent Éphraïm, parce que les Éphraïmites disaient : Vous êtes des fugitifs d'Éphraïm ! Galaad est au milieu d'Éphraïm, au milieu de Manassé !

5. Galaad s'empara des gués du Jourdain du côté d'Éphraïm. Et quand l'un des fuyards d'Éphraïm disait : Laissez-moi passer ! les hommes de Galaad lui demandaient : Es-tu Éphraïmite ? Il répondait : Non.

6. Ils lui disaient alors : Hé bien, dis Schibboleth. Et il disait Sibboleth, car il ne pouvait pas bien prononcer. Sur quoi les hommes de Galaad le saisissaient, et l'égorgeaient près des gués du Jourdain. Il périt en ce temps-là quarante-deux mille hommes d'Éphraïm.

7. Jephthé fut juge en Israël pendant six ans ; puis Jephthé, le Galaadite, mourut, et fut enterré dans l'une des villes de Galaad.

8. Après lui, Ibtsan de Bethléhem fut juge en Israël.

9. Il eut trente fils, il maria trente filles au dehors, et il fit venir pour ses fils trente filles du dehors. Il fut juge en Israël pendant sept ans ;

10. puis Ibtsan mourut, et fut enterré à Bethléhem.

11. Après lui, Élon de Zabulon fut juge en Israël. Il fut juge en Israël pendant dix ans ;

12. puis Élon de Zabulon mourut, et fut enterré à Ajalon, dans le pays de Zabulon.

13. Après lui, Abdon, fils d'Hillel, le Pirathonite, fut juge en Israël.

14. Il eut quarante fils et trente petits-fils, qui montaient sur soixante dix ânons. Il fut juge en Israël pendant huit ans ;

15. puis Abdon, fils d'Hillel, le Pirathonite, mourut, et fut enterré à Pirathon, dans le pays d'Éphraïm, sur la montagne des Amalécites.

Juges 13

1. Les enfants d'Israël firent encore ce qui déplaît à l'Éternel ; et l'Éternel les livra entre les mains des Philistins, pendant quarante ans.

2. Il y avait un homme de Tsorea, de la famille des Danites, et qui s'appelait Manoach. Sa femme était stérile, et n'enfantait pas.

3. Un ange de l'Éternel apparut à la femme, et lui dit : Voici, tu es stérile, et tu n'as point d'enfants ; tu deviendras enceinte, et tu enfanteras un fils.

4. Maintenant prends bien garde, ne bois ni vin ni liqueur forte, et ne mange rien d'impur.

5. Car tu vas devenir enceinte et tu enfanteras un fils. Le rasoir ne passera point sur sa tête, parce que cet enfant sera consacré à Dieu dès le ventre de sa mère ; et ce sera lui qui commencera à délivrer Israël de la main des Philistins.

6. La femme alla dire à son mari ; Un homme de Dieu est venu vers moi, et il avait l'aspect d'un ange de Dieu, un aspect redoutable. Je ne lui ai pas demandé d'où il était, et il ne m'a pas fait connaître son nom.

7. Mais il m'a dit : Tu vas devenir enceinte, et tu enfanteras un fils ; et maintenant ne bois ni vin ni liqueur forte, et ne mange rien d'impur, parce que cet enfant sera consacré à Dieu dès le ventre de sa mère jusqu'au jour de sa mort.

8. Manoach fit cette prière à l'Éternel : Ah ! Seigneur, que l'homme de Dieu que tu as envoyé vienne encore vers nous, et qu'il nous enseigne ce que nous devons faire pour l'enfant qui naîtra !

9. Dieu exauça la prière de Manoach, et l'ange de Dieu vint encore

vers la femme. Elle était assise dans un champ, et Manoach, son mari, n'était pas avec elle.

10. Elle courut promptement donner cette nouvelle à son mari, et lui dit : Voici, l'homme qui était venu l'autre jour vers moi m'est apparu.

11. Manoach se leva, suivit sa femme, alla vers l'homme, et lui dit : Est-ce toi qui as parlé à cette femme ? Il répondit : C'est moi.

12. Manoach dit : Maintenant, si ta parole s'accomplit, que faudra-t-il observer à l'égard de l'enfant, et qu'y aura-t-il à faire ?

13. L'ange de l'Éternel répondit à Manoach : La femme s'abstiendra de tout ce que je lui ai dit.

14. Elle ne goûtera d'aucun produit de la vigne, elle ne boira ni vin ni liqueur forte, et elle ne mangera rien d'impur ; elle observera tout ce que je lui ai prescrit.

15. Manoach dit à l'ange de l'Éternel : Permets-nous de te retenir, et de t'apprêter un chevreau.

16. L'ange de l'Éternel répondit à Manoach : Quand tu me retiendrais, je ne mangerais pas de ton mets ; mais si tu veux faire un holocauste, tu l'offriras à l'Éternel. Manoach ne savait point que ce fût un ange de l'Éternel.

17. Et Manoach dit à l'ange de l'Éternel : Quel est ton nom, afin que nous te rendions gloire, quand ta parole s'accomplira ?

18. L'ange de l'Éternel lui répondit : Pourquoi demandes-tu mon nom ? Il est merveilleux.

19. Manoach prit le chevreau et l'offrande, et fit un sacrifice à l'Éternel sur le rocher. Il s'opéra un prodige, pendant que Manoach et sa femme regardaient.

20. Comme la flamme montait de dessus l'autel vers le ciel, l'ange de l'Éternel monta dans la flamme de l'autel. A cette vue, Manoach et sa femme tombèrent la face contre terre.

21. L'ange de l'Éternel n'apparut plus à Manoach et à sa femme. Alors Manoach comprit que c'était l'ange de l'Éternel,

22. et il dit à sa femme : Nous allons mourir, car nous avons vu Dieu.

23. Sa femme lui répondit : Si l'Éternel eût voulu nous faire mourir, il n'aurait pas pris de nos mains l'holocauste et l'offrande, il ne nous aurait pas fait voir tout cela, et il ne nous aurait pas maintenant fait

entendre pareilles choses.

24. La femme enfanta un fils, et lui donna le nom de Samson. L'enfant grandit, et l'Éternel le bénit.

25. Et l'esprit de l'Éternel commença à l'agiter à Machané Dan, entre Tsorea et Eschthaol.

Juges 14

1. Samson descendit à Thimna, et il y vit une femme parmi les filles des Philistins.

2. Lorsqu'il fut remonté, il le déclara à son père et à sa mère, et dit : J'ai vu à Thimna une femme parmi les filles des Philistins ; prenez-la maintenant pour ma femme.

3. Son père et sa mère lui dirent : N'y a-t-il point de femme parmi les filles de tes frères et dans tout notre peuple, que tu ailles prendre une femme chez les Philistins, qui sont incirconcis ? Et Samson dit à son père : Prends-la pour moi, car elle me plaît.

4. Son père et sa mère ne savaient pas que cela venait de l'Éternel : car Samson cherchait une occasion de dispute de la part des Philistins. En ce temps là, les Philistins dominaient sur Israël.

5. Samson descendit avec son père et sa mère à Thimna. Lorsqu'ils arrivèrent aux vignes de Thimna, voici, un jeune lion rugissant vint à sa rencontre.

6. L'esprit de l'Éternel saisit Samson ; et, sans avoir rien à la main, Samson déchira le lion comme on déchire un chevreau. Il ne dit point à son père et à sa mère ce qu'il avait fait.

7. Il descendit et parla à la femme, et elle lui plut.

8. Quelque temps après, il se rendit de nouveau à Thimna pour la prendre, et se détourna pour voir le cadavre du lion. Et voici, il y avait un essaim d'abeilles et du miel dans le corps du lion.

9. Il prit entre ses mains le miel, dont il mangea pendant la route ; et lorsqu'il fut arrivé près de son père et de sa mère, il leur en donna, et ils en mangèrent. Mais il ne leur dit pas qu'il avait pris ce miel dans le corps du lion.

10. Le père de Samson descendit chez la femme. Et là, Samson fit un festin, car c'était la coutume des jeunes gens.

11. Dès qu'on le vit, on invita trente compagnons qui se tinrent avec lui.

12. Samson leur dit : Je vais vous proposer une énigme. Si vous me l'expliquez pendant les sept jours du festin, et si vous la découvrez, je vous donnerai trente chemises et trente vêtements de rechange.

13. Mais si vous ne pouvez pas me l'expliquer, ce sera vous qui me donnerez trente chemises et trente vêtements de rechange. Ils lui dirent : Propose ton énigme, et nous l'écouterons.

14. Et il leur dit : De celui qui mange est sorti ce qui se mange, et du fort est sorti le doux. Pendant trois jours, ils ne purent expliquer l'énigme.

15. Le septième jour, ils dirent à la femme de Samson : Persuade à ton mari de nous expliquer l'énigme ; sinon, nous te brûlerons, toi et la maison de ton père. C'est pour nous dépouiller que vous nous avez invités, n'est-ce pas ?

16. La femme de Samson pleurait auprès de lui, et disait : Tu n'as pour moi que de la haine, et tu ne m'aimes pas ; tu as proposé une énigme aux enfants de mon peuple, et tu ne me l'as point expliquée ! Et il lui répondait : Je ne l'ai expliquée ni à mon père ni à ma mère ; est-ce à toi que je l'expliquerais ?

17. Elle pleura auprès de lui pendant les sept jours que dura leur festin ; et le septième jour, il la lui expliqua, car elle le tourmentait. Et elle donna l'explication de l'énigme aux enfants de son peuple.

18. Les gens de la ville dirent à Samson le septième jour, avant le coucher du soleil : Quoi de plus doux que le miel, et quoi de plus fort que le lion ? Et il leur dit : Si vous n'aviez pas labouré avec ma génisse, vous n'auriez pas découvert mon énigme.

19. L'esprit de l'Éternel le saisit, et il descendit à Askalon. Il y tua trente hommes, prit leurs dépouilles, et donna les vêtements de rechange à ceux qui avaient expliqué l'énigme. Il était enflammé de colère, et il monta à la maison de son père.

20. Sa femme fut donnée à l'un de ses compagnons, avec lequel il

était lié.

Juges 15

1. Quelque temps après, à l'époque de la moisson des blés, Samson alla voir sa femme, et lui porta un chevreau. Il dit : Je veux entrer vers ma femme dans sa chambre. Mais le père de sa femme ne lui permit pas d'entrer.
2. J'ai pensé dit-il, que tu avais pour elle de la haine, et je l'ai donnée à ton compagnon. Est-ce que sa jeune soeur n'est pas plus belle qu'elle ? Prends-la donc à sa place.
3. Samson leur dit : Cette fois je ne serai pas coupable envers les Philistins, si je leur fais du mal.
4. Samson s'en alla. Il attrapa trois cents renards, et prit des flambeaux ; puis il tourna queue contre queue, et mit un flambeau entre deux queues, au milieu.
5. Il alluma les flambeaux, lâcha les renards dans les blés des Philistins, et embrasa les tas de gerbes, le blé sur pied, et jusqu'aux plantations d'oliviers.
6. Les Philistins dirent : Qui a fait cela ? On répondit : Samson, le gendre du Thimnien, parce que celui-ci lui a pris sa femme et l'a donnée à son compagnon. Et les Philistins montèrent, et ils la brûlèrent, elle et son père.
7. Samson leur dit : Est-ce ainsi que vous agissez ? Je ne cesserai qu'après m'être vengé de vous.
8. Il les battit rudement, dos et ventre ; puis il descendit, et se retira dans la caverne du rocher d'Étam.
9. Alors les Philistins se mirent en marche, campèrent en Juda, et s'étendirent jusqu'à Léchi.
10. Les hommes de Juda dirent : Pourquoi êtes-vous montés contre

nous ? Ils répondirent : Nous sommes montés pour lier Samson, afin de le traiter comme il nous a traités.

11. Sur quoi trois mille hommes de Juda descendirent à la caverne du rocher d'Étam, et dirent à Samson : Ne sais-tu pas que les Philistins dominent sur nous ? Que nous as-tu donc fait ? Il leur répondit : Je les ai traités comme il m'ont traité.
12. Ils lui dirent : Nous sommes descendus pour te lier, afin de te livrer entre les mains des Philistins. Samson leur dit : Jurez-moi que vous ne me tuerez pas.
13. Ils lui répondirent : Non ; nous voulons seulement te lier et te livrer entre leurs mains, mais nous ne te ferons pas mourir. Et ils le lièrent avec deux cordes neuves, et le firent sortir du rocher.
14. Lorsqu'il arriva à Léchi, les Philistins poussèrent des cris à sa rencontre. Alors l'esprit de l'Éternel le saisit. Les cordes qu'il avait aux bras devinrent comme du lin brûlé par le feu, et ses liens tombèrent de ses mains.
15. Il trouva une mâchoire d'âne fraîche, il étendit sa main pour la prendre, et il en tua mille hommes.
16. Et Samson dit : Avec une mâchoire d'âne, un monceau, deux monceaux ; Avec une mâchoire d'âne, j'ai tué mille hommes.
17. Quand il eut achevé de parler, il jeta de sa main la mâchoire. Et l'on appela ce lieu Ramath Léchi.
18. Pressé par la soif, il invoqua l'Éternel, et dit : C'est toi qui a permis par la main de ton serviteur cette grande délivrance ; et maintenant mourrais je de soif, et tomberais-je entre les mains des incirconcis ?
19. Dieu fendit la cavité du rocher qui est à Léchi, et il en sortit de l'eau. Samson but, son esprit se ranima, et il reprit vie. C'est de là qu'on a appelé cette source En Hakkoré ; elle existe encore aujourd'hui à Léchi.
20. Samson fut juge en Israël, au temps des Philistins, pendant vingt ans.

Juges 16

1. Samson partit pour Gaza ; il y vit une femme prostituée, et il entra chez elle.

2. On dit aux gens de Gaza : Samson est arrivé ici. Et ils l'environnèrent, et se tinrent en embuscade toute la nuit à la porte de la ville. Ils restèrent tranquilles toute la nuit, disant : Au point du jour, nous le tuerons.

3. Samson demeura couché jusqu'à minuit. Vers minuit, il se leva ; et il saisit les battants de la porte de la ville et les deux poteaux, les arracha avec la barre, les mit sur ses épaules, et les porta sur le sommet de la montagne qui est en face d'Hébron.

4. Après cela, il aima une femme dans la vallée de Sorek. Elle se nommait Delila.

5. Les princes des Philistins montèrent vers elle, et lui dirent : Flatte-le, pour savoir d'où lui vient sa grande force et comment nous pourrions nous rendre maîtres de lui ; nous le lierons pour le dompter, et nous te donnerons chacun mille et cent sicles d'argent.

6. Delila dit à Samson : Dis-moi, je te prie, d'où vient ta grande force, et avec quoi il faudrait te lier pour te dompter.

7. Samson lui dit : Si on me liait avec sept cordes fraîches, qui ne fussent pas encore sèches, je deviendrais faible et je serais comme un autre homme.

8. Les princes des Philistins apportèrent à Delila sept cordes fraîches, qui n'étaient pas encore sèches. Et elle le lia avec ces cordes.

9. Or des gens se tenaient en embuscade chez elle, dans une chambre. Elle lui dit : Les Philistins sont sur toi, Samson ! Et il rompit les cordes, comme se rompt un cordon d'étoupe quand il sent le feu. Et

l'on ne connut point d'où venait sa force.

10. Delila dit à Samson : Voici, tu t'es joué de moi, tu m'as dit des mensonges. Maintenant, je te prie, indique-moi avec quoi il faut te lier.

11. Il lui dit : Si on me liait avec des cordes neuves, dont on ne se fût jamais servi, je deviendrais faible et je serais comme un autre homme.

12. Delila prit des cordes neuves, avec lesquelles elle le lia. Puis elle lui dit : Les Philistins sont sur toi, Samson ! Or des gens se tenaient en embuscade dans une chambre. Et il rompit comme un fil les cordes qu'il avait aux bras.

13. Delila dit à Samson : Jusqu'à présent tu t'es joué de moi, tu m'as dit des mensonges. Déclare-moi avec quoi il faut te lier. Il lui dit : Tu n'as qu'à tisser les sept tresses de ma tête avec la chaîne du tissu.

14. Et elle les fixa par la cheville. Puis elle lui dit : Les Philistins sont sur toi, Samson ! Et il se réveilla de son sommeil, et il arracha la cheville du tissu et le tissu.

15. Elle lui dit : Comment peux-tu dire : Je t'aime ! puisque ton coeur n'est pas avec moi ? Voilà trois fois que tu t'es joué de moi, et tu ne m'as pas déclaré d'où vient ta grande force.

16. Comme elle était chaque jour à le tourmenter et à l'importuner par ses instances, son âme s'impatienta à la mort,

17. il lui ouvrit tout son coeur, et lui dit : Le rasoir n'a point passé sur ma tête, parce que je suis consacré à Dieu dès le ventre de ma mère. Si j'étais rasé, ma force m'abandonnerait, je deviendrais faible, et je serais comme tout autre homme.

18. Delila, voyant qu'il lui avait ouvert tout son coeur, envoya appeler les princes des Philistins, et leur fit dire : Montez cette fois, car il m'a ouvert tout son coeur. Et les princes des Philistins montèrent vers elle, et apportèrent l'argent dans leurs mains.

19. Elle l'endormit sur ses genoux. Et ayant appelé un homme, elle rasa les sept tresses de la tête de Samson, et commença ainsi à le dompter. Il perdit sa force.

20. Elle dit alors : Les Philistins sont sur toi, Samson ! Et il se

réveilla de son sommeil, et dit : Je m'en tirerai comme les autres fois, et je me dégagerai. Il ne savait pas que l'Éternel s'était retiré de lui.

21. Les Philistins le saisirent, et lui crevèrent les yeux ; ils le firent descendre à Gaza, et le lièrent avec des chaînes d'airain. Il tournait la meule dans la prison.

22. Cependant les cheveux de sa tête recommençaient à croître, depuis qu'il avait été rasé.

23. Or les princes des Philistins s'assemblèrent pour offrir un grand sacrifice à Dagon, leur dieu, et pour se réjouir. Ils disaient : Notre dieu a livré entre nos mains Samson, notre ennemi.

24. Et quand le peuple le vit, ils célébrèrent leur dieu, en disant : Notre dieu a livré entre nos mains notre ennemi, celui qui ravageait notre pays, et qui multipliait nos morts.

25. Dans la joie de leur coeur, ils dirent : Qu'on appelle Samson, et qu'il nous divertisse ! Ils firent sortir Samson de la prison, et il joua devant eux. Ils le placèrent entre les colonnes.

26. Et Samson dit au jeune homme qui le tenait par la main : Laisse-moi, afin que je puisse toucher les colonnes sur lesquelles repose la maison et m'appuyer contre elles.

27. La maison était remplie d'hommes et de femmes ; tous les princes des Philistins étaient là, et il y avait sur le toit environ trois mille personnes, hommes et femmes, qui regardaient Samson jouer.

28. Alors Samson invoqua l'Éternel, et dit : Seigneur Éternel ! souviens-toi de moi, je te prie ; ô Dieu ! donne-moi de la force seulement cette fois, et que d'un seul coup je tire vengeance des Philistins pour mes deux yeux !

29. Et Samson embrassa les deux colonnes du milieu sur lesquelles reposait la maison, et il s'appuya contre elles ; l'une était à sa droite, et l'autre à sa gauche.

30. Samson dit : Que je meure avec les Philistins ! Il se pencha fortement, et la maison tomba sur les princes et sur tout le peuple qui y était. Ceux qu'il fit périr à sa mort furent plus nombreux que ceux qu'il avait tués pendant sa vie.

31. Ses frères et toute la maison de son père descendirent, et l'emportèrent. Lorsqu'ils furent remontés, ils l'enterrèrent entre

Tsorea et Eschthaol dans le sépulcre de Manoach, son père. Il avait été juge en Israël pendant vingt ans.

Juges 17

1. Il y avait un homme de la montagne d'Éphraïm, nommé Mica.

2. Il dit à sa mère : Les mille et cent sicles d'argent qu'on t'a pris, et pour lesquels tu as fait des imprécations même à mes oreilles, voici, cet argent est entre mes mains, c'est moi qui l'avais pris. Et sa mère dit : Béni soit mon fils par l'Éternel !

3. Il rendit à sa mère les mille et cent sicles d'argent ; et sa mère dit : Je consacre de ma main cet argent à l'Éternel, afin d'en faire pour mon fils une image taillée et une image en fonte ; et c'est ainsi que je te le rendrai.

4. Il rendit à sa mère l'argent. Sa mère prit deux cents sicles d'argent. Et elle donna l'argent au fondeur, qui en fit une image taillée et une image en fonte. On les plaça dans la maison de Mica.

5. Ce Mica avait une maison de Dieu ; il fit un éphod et des théraphim, et il consacra l'un de ses fils, qui lui servit de prêtre.

6. En ce temps-là, il n'y avait point de roi en Israël. Chacun faisait ce qui lui semblait bon.

7. Il y avait un jeune homme de Bethléhem de Juda, de la famille de Juda ; il était Lévite, et il séjournait là.

8. Cet homme partit de la ville de Bethléhem de Juda, pour chercher une demeure qui lui convînt. En poursuivant son chemin, il arriva dans la montagne d'Éphraïm jusqu'à la maison de Mica.

9. Mica lui dit : D'où viens-tu ? Il lui répondit : Je suis Lévite, de Bethléhem de Juda, et je voyage pour chercher une demeure qui me convienne.

10. Mica lui dit : Reste avec moi ; tu me serviras de père et de prêtre,

et je te donnerai dix sicles d'argent par année, les vêtements dont tu auras besoin, et ton entretien. Et le Lévite entra.

11. Il se décida ainsi à rester avec cet homme, qui regarda le jeune homme comme l'un de ses fils.

12. Mica consacra le Lévite, et ce jeune homme lui servit de prêtre et demeura dans sa maison.

13. Et Mica dit : Maintenant, je sais que l'Éternel me fera du bien, puisque j'ai ce Lévite pour prêtre.

Juges 18

1. En ce temps-là, il n'y avait point de roi en Israël ; et la tribu des Danites se cherchait une possession pour s'établir, car jusqu'à ce jour il ne lui était point échu d'héritage au milieu des tribus d'Israël.

2. Les fils de Dan prirent sur eux tous, parmi leurs familles, cinq hommes vaillants, qu'ils envoyèrent de Tsorea et d'Eschthaol, pour explorer le pays et pour l'examiner. Ils leur dirent : Allez, examinez le pays. Ils arrivèrent dans la montagne d'Éphraïm jusqu'à la maison de Mica, et ils y passèrent la nuit.

3. Comme ils étaient près de la maison de Mica, ils reconnurent la voix du jeune Lévite, s'approchèrent et lui dirent : Qui t'a amené ici ? que fais-tu dans ce lieu ? et qu'as-tu ici ?

4. Il leur répondit : Mica fait pour moi telle et telle chose, il me donne un salaire, et je lui sers de prêtre.

5. Ils lui dirent : Consulte Dieu, afin que nous sachions si notre voyage aura du succès.

6. Et le prêtre leur répondit : Allez en paix ; le voyage que vous faites est sous le regard de l'Éternel.

7. Les cinq hommes partirent, et ils arrivèrent à Laïs. Ils virent le peuple qui y était vivant en sécurité à la manière des Sidoniens, tranquille et sans inquiétude ; il n'y avait dans le pays personne qui leur fît le moindre outrage en dominant sur eux ; ils étaient éloignés des Sidoniens, et ils n'avaient pas de liaison avec d'autres hommes.

8. Ils revinrent auprès de leurs frères à Tsorea et Eschthaol, et leurs frères leur dirent : Quelle nouvelle apportez-vous ?

9. Allons ! répondirent-ils, montons contre eux ; car nous avons vu le pays, et voici, il est très bon. Quoi ! vous restez sans rien dire ! Ne

soyez point paresseux à vous mettre en marche pour aller prendre possession de ce pays.

10. Quand vous y entrerez, vous arriverez vers un peuple en sécurité. Le pays est vaste, et Dieu l'a livré entre vos mains ; c'est un lieu où rien ne manque de tout ce qui est sur la terre.
11. Six cents hommes de la famille de Dan partirent de Tsorea et d'Eschthaol, munis de leurs armes de guerre.
12. Ils montèrent, et campèrent à Kirjath Jearim en Juda ; c'est pourquoi ce lieu, qui est derrière Kirjath Jearim, a été appelé jusqu'à ce jour Machané Dan.
13. Ils passèrent de là dans la montagne d'Éphraïm, et ils arrivèrent jusqu'à la maison de Mica.
14. Alors les cinq hommes qui étaient allés pour explorer le pays de Laïs prirent la parole et dirent à leurs frères : Savez-vous qu'il y a dans ces maisons-là un éphod, des théraphim, une image taillée et une image en fonte ? Voyez maintenant ce que vous avez à faire.
15. Ils s'approchèrent de là, entrèrent dans la maison du jeune Lévite, dans la maison de Mica, et lui demandèrent comment il se portait.
16. Les six cents hommes d'entre les fils de Dan, munis de leurs armes de guerre, se tenaient à l'entrée de la porte.
17. Et les cinq hommes qui étaient allés pour explorer le pays montèrent et entrèrent dans la maison ; ils prirent l'image taillée, l'éphod, les théraphim, et l'image en fonte, pendant que le prêtre était à l'entrée de la porte avec les six cents hommes munis de leurs armes de guerre.
18. Lorsqu'ils furent entrés dans la maison de Mica, et qu'ils eurent pris l'image taillée, l'éphod, les théraphim, et l'image en fonte, le prêtre leur dit : Que faites-vous ?

19. Ils lui répondirent : Tais-toi, mets ta main sur ta bouche, et viens avec nous ; tu nous serviras de père et de prêtre. Vaut-il mieux que tu serves de prêtre à la maison d'un seul homme, ou que tu serves de prêtre à une tribu et à une famille en Israël ?
20. Le prêtre éprouva de la joie dans son coeur ; il prit l'éphod, les théraphim, et l'image taillée, et se joignit à la troupe.

21. Ils se remirent en route et partirent, en plaçant devant eux les enfants, le bétail et les bagages.

22. Comme ils étaient déjà loin de la maison de Mica, les gens qui habitaient les maisons voisines de celle de Mica se rassemblèrent et poursuivirent les fils de Dan.

23. Ils appelèrent les fils de Dan, qui se retournèrent et dirent à Mica : Qu'as-tu, et que signifie ce rassemblement ?

24. Il répondit : Mes dieux que j'avais faits, vous les avez enlevés avec le prêtre et vous êtes partis : que me reste-t-il ? Comment donc pouvez-vous me dire : Qu'as-tu ?

25. Les fils de Dan lui dirent : Ne fais pas entendre ta voix près de nous ; sinon des hommes irrités se jetteront sur vous, et tu causeras ta perte et celle de ta maison.

26. Et les fils de Dan continuèrent leur route. Mica, voyant qu'ils étaient plus forts que lui, s'en retourna et revint dans sa maison.

27. Ils enlevèrent ainsi ce qu'avait fait Mica et emmenèrent le prêtre qui était à son service, et ils tombèrent sur Laïs, sur un peuple tranquille et en sécurité ; ils le passèrent au fil de l'épée, et ils brûlèrent la ville.

28. Personne ne la délivra, car elle était éloignée de Sidon, et ses habitants n'avaient pas de liaison avec d'autres hommes : elle était dans la vallée qui s'étend vers Beth Rehob. Les fils de Dan rebâtirent la ville, et y habitèrent ;

29. ils l'appelèrent Dan, d'après le nom de Dan, leur père, qui était né à Israël ; mais la ville s'appelait auparavant Laïs.

30. Ils dressèrent pour eux l'image taillée ; et Jonathan, fils de Guerschom, fils de Manassé, lui et ses fils, furent prêtres pour la tribu des Danites, jusqu'à l'époque de la captivité du pays.

31. Ils établirent pour eux l'image taillée qu'avait faite Mica, pendant tout le temps que la maison de Dieu fut à Silo.

Juges 19

1. Dans ce temps où il n'y avait point de roi en Israël, un Lévite, qui séjournait à l'extrémité de la montagne d'Éphraïm, prit pour sa concubine une femme de Bethléhem de Juda.

2. Sa concubine lui fit infidélité, et elle le quitta pour aller dans la maison de son père à Bethléhem de Juda, où elle resta l'espace de quatre mois.

3. Son mari se leva et alla vers elle, pour parler à son coeur et la ramener. Il avait avec lui son serviteur et deux ânes. Elle le fit entrer dans la maison de son père ; et quand le père de la jeune femme le vit, il le reçut avec joie.

4. Son beau-père, le père de la jeune femme, le retint trois jours chez lui. Ils mangèrent et burent, et ils y passèrent la nuit.

5. Le quatrième jour, ils se levèrent de bon matin, et le Lévite se disposait à partir. Mais le père de la jeune femme dit à son gendre : Prends un morceau de pain pour fortifier ton coeur ; vous partirez ensuite.

6. Et ils s'assirent, et ils mangèrent et burent eux deux ensemble. Puis le père de la jeune femme dit au mari : Décide-toi donc à passer la nuit, et que ton coeur se réjouisse.

7. Le mari se levait pour s'en aller ; mais, sur les instances de son beau-père, il passa encore la nuit.

8. Le cinquième jour, il se leva de bon matin pour partir. Alors le père de la jeune femme dit : Fortifie ton coeur, je te prie ; et restez jusqu'au déclin du jour. Et ils mangèrent eux deux.

9. Le mari se levait pour s'en aller, avec sa concubine et son serviteur

; mais son beau-père, le père de la jeune femme, lui dit : Voici, le jour baisse, il se fait tard, passez donc la nuit ; voici, le jour est sur son déclin, passe ici la nuit, et que ton coeur se réjouisse ; demain vous vous lèverez de bon matin pour vous mettre en route, et tu t'en iras à ta tente.

10. Le mari ne voulut point passer la nuit, il se leva et partit. Il arriva jusque devant Jebus, qui est Jérusalem, avec les deux ânes bâtés et avec sa concubine.

11. Lorsqu'ils furent près de Jebus, le jour avait beaucoup baissé. Le serviteur dit alors à son maître : Allons, dirigeons-nous vers cette ville des Jébusiens, et nous y passerons la nuit.

12. Son maître lui répondit : Nous n'entrerons pas dans une ville d'étrangers, où il n'y a point d'enfants d'Israël, nous irons jusqu'à Guibea.

13. Il dit encore à son serviteur : Allons, approchons-nous de l'un de ces lieux, Guibea ou Rama, et nous y passerons la nuit.

14. Ils continuèrent à marcher, et le soleil se coucha quand ils furent près de Guibea, qui appartient à Benjamin.

15. Ils se dirigèrent de ce côté pour aller passer la nuit à Guibea. Le Lévite entra, et il s'arrêta sur la place de la ville. Il n'y eut personne qui les reçût dans sa maison pour qu'ils y passassent la nuit.

16. Et voici, un vieillard revenait le soir de travailler aux champs ; cet homme était de la montagne d'Éphraïm, il séjournait à Guibea, et les gens du lieu étaient Benjamites.

17. Il leva les yeux, et vit le voyageur sur la place de la ville. Et le vieillard lui dit : Où vas-tu, et d'où viens-tu ?

18. Il lui répondit : Nous allons de Bethléhem de Juda jusqu'à l'extrémité de la montagne d'Éphraïm, d'où je suis. J'étais allé à Bethléhem de Juda, et je me rends à la maison de l'Éternel. Mais il n'y a personne qui me reçoive dans sa demeure.

19. Nous avons cependant de la paille et du fourrage pour nos ânes ; nous avons aussi du pain et du vin pour moi, pour ta servante, et pour le garçon qui est avec tes serviteurs. Il ne nous manque rien.

20. Le vieillard dit : Que la paix soit avec toi ! Je me charge de tous tes besoins, tu ne passeras pas la nuit sur la place.

21. Il les fit entrer dans sa maison, et il donna du fourrage aux ânes. Les voyageurs se lavèrent les pieds ; puis ils mangèrent et burent.

22. Pendant qu'ils étaient à se réjouir, voici, les hommes de la ville, gens pervers, entourèrent la maison, frappèrent à la porte, et dirent au vieillard, maître de la maison : Fais sortir l'homme qui est entré chez toi, pour que nous le connaissions.

23. Le maître de la maison, se présentant à eux, leur dit : Non, mes frères, ne faites pas le mal, je vous prie ; puisque cet homme est entré dans ma maison, ne commettez pas cette infamie.

24. Voici, j'ai une fille vierge, et cet homme a une concubine ; je vous les amènerai dehors ; vous les déshonorerez, et vous leur ferez ce qu'il vous plaira. Mais ne commettez pas sur cet homme une action aussi infâme.

25. Ces gens ne voulurent point l'écouter. Alors l'homme prit sa concubine, et la leur amena dehors. Ils la connurent, et ils abusèrent d'elle toute la nuit jusqu'au matin ; puis ils la renvoyèrent au lever de l'aurore.

26. Vers le matin, cette femme alla tomber à l'entrée de la maison de l'homme chez qui était son mari, et elle resta là jusqu'au jour.

27. Et le matin, son mari se leva, ouvrit la porte de la maison, et sortit pour continuer son chemin. Mais voici, la femme, sa concubine, était étendue à l'entrée de la maison, les mains sur le seuil.

28. Il lui dit : Lève-toi, et allons-nous-en. Elle ne répondit pas. Alors le mari la mit sur un âne, et partit pour aller dans sa demeure.

29. Arrivé chez lui, il prit un couteau, saisit sa concubine, et la coupa membre par membre en douze morceaux, qu'il envoya dans tout le territoire d'Israël.

30. Tous ceux qui virent cela dirent : Jamais rien de pareil n'est arrivé et ne s'est vu depuis que les enfants d'Israël sont montés du pays d'Égypte jusqu'à ce jour ; prenez la chose à coeur, consultez-vous, et parlez !

Juges 20

1. Tous les enfants d'Israël sortirent, depuis Dan jusqu'à Beer Schéba et au pays de Galaad, et l'assemblée se réunit comme un seul homme devant l'Éternel, à Mitspa.

2. Les chefs de tout le peuple, toutes les tribus d'Israël, se présentèrent dans l'assemblée du peuple de Dieu : quatre cent mille hommes de pied, tirant l'épée.

3. Et les fils de Benjamin apprirent que les enfants d'Israël étaient montés à Mitspa. Les enfants d'Israël dirent : Parlez, comment ce crime a-t-il été commis ?

4. Alors le Lévite, le mari de la femme qui avait été tuée, prit la parole, et dit : J'étais arrivé, avec ma concubine, à Guibea de Benjamin, pour y passer la nuit.

5. Les habitants de Guibea se sont soulevés contre moi, et ont entouré pendant la nuit la maison où j'étais. Ils avaient l'intention de me tuer, et ils ont fait violence à ma concubine, et elle est morte.

6. J'ai saisi ma concubine, et je l'ai coupée en morceaux, que j'ai envoyés dans tout le territoire de l'héritage d'Israël ; car ils ont commis un crime et une infamie en Israël.

7. Vous voici tous, enfants d'Israël ; consultez-vous, et prenez ici une décision !

8. Tout le peuple se leva comme un seul homme, en disant : Nul de nous n'ira dans sa tente, et personne ne retournera dans sa maison.

9. Voici maintenant ce que nous ferons à Guibea : Nous marcherons contre elle d'après le sort.

10. Nous prendrons dans toutes les tribus d'Israël dix hommes sur

cent, cent sur mille, et mille sur dix mille ; ils iront chercher des vivres pour le peuple, afin qu'à leur retour on traite Guibea de Benjamin selon toute l'infamie qu'elle a commise en Israël.

11. Ainsi tous les hommes d'Israël s'assemblèrent contre la ville, unis comme un seul homme.

12. Les tribus d'Israël envoyèrent des hommes vers toutes les familles de Benjamin, pour dire : Qu'est-ce que ce crime qui s'est commis parmi vous ?

13. Livrez maintenant les gens pervers qui sont à Guibea, afin que nous les fassions mourir et que nous ôtions le mal du milieu d'Israël. Mais les Benjamites ne voulurent point écouter la voix de leurs frères, les enfants d'Israël.

14. Les Benjamites sortirent de leurs villes, et s'assemblèrent à Guibea, pour combattre les enfants d'Israël.

15. Le dénombrement que l'on fit en ce jour des Benjamites sortis des villes fut de vingt-six mille hommes, tirant l'épée, sans compter les habitants de Guibea formant sept cents hommes d'élite.

16. Parmi tout ce peuple, il y avait sept cents hommes d'élite qui ne se servaient pas de la main droite ; tous ceux-là pouvaient, en lançant une pierre avec la fronde, viser à un cheveu sans le manquer.

17. On fit aussi le dénombrement des hommes d'Israël, non compris ceux de Benjamin, et l'on en trouva quatre cent mille tirant l'épée, tous gens de guerre.

18. Et les enfants d'Israël se levèrent, montèrent à Béthel, et consultèrent Dieu, en disant : Qui de nous montera le premier pour combattre les fils de Benjamin ? l'Éternel répondit : Juda montera le premier.

19. Dès le matin, les enfants d'Israël se mirent en marche, et ils campèrent près de Guibea.

20. Et les hommes d'Israël s'avancèrent pour combattre ceux de Benjamin, et ils se rangèrent en bataille contre eux devant Guibea.

21. Les fils de Benjamin sortirent de Guibea, et ils étendirent sur le sol ce jour-là vingt-deux mille hommes d'Israël.

22. Le peuple, les hommes d'Israël reprirent courage, et ils se rangèrent de nouveau en bataille dans le lieu où ils s'étaient placés le

premier jour.

23. Et les enfants d'Israël montèrent, et ils pleurèrent devant l'Éternel jusqu'au soir ; ils consultèrent l'Éternel, en disant : Dois-je m'avancer encore pour combattre les fils de Benjamin, mon frère ? L'Éternel répondit : Montez contre lui.

24. Les enfants d'Israël s'avancèrent contre les fils de Benjamin, le second jour.

25. Et ce même jour, les Benjamites sortirent de Guibea à leur rencontre, et ils étendirent encore sur le sol dix-huit mille hommes des enfants d'Israël, tous tirant l'épée.

26. Tous les enfants d'Israël et tout le peuple montèrent et vinrent à Béthel ; ils pleurèrent et restèrent là devant l'Éternel, ils jeûnèrent en ce jour jusqu'au soir, et ils offrirent des holocaustes et des sacrifices d'actions de grâces devant l'Éternel.

27. Et les enfants d'Israël consultèrent l'Éternel, -c'était là que se trouvait alors l'arche de l'alliance de Dieu,

28. et c'était Phinées, fils d'Éléazar, fils d'Aaron, qui se tenait à cette époque en présence de Dieu, -et ils dirent : Dois-je marcher encore pour combattre les fils de Benjamin, mon frère, ou dois-je m'en abstenir ? L'Éternel répondit : Montez, car demain je les livrerai entre vos mains.

29. Alors Israël plaça une embuscade autour de Guibea.

30. Les enfants d'Israël montèrent contre les fils de Benjamin, le troisième jour, et ils se rangèrent en bataille devant Guibea, comme les autres fois.

31. Et les fils de Benjamin sortirent à la rencontre du peuple, et ils se laissèrent attirer loin de la ville. Ils commencèrent à frapper à mort parmi le peuple comme les autres fois, sur les routes dont l'une monte à Béthel et l'autre à Guibea par la campagne, et ils tuèrent environ trente hommes d'Israël.

32. Les fils de Benjamin disaient : Les voilà battus devant nous comme auparavant ! Mais les enfants d'Israël disaient : Fuyons, et attirons-les loin de la ville dans les chemins.

33. Tous les hommes d'Israël quittèrent leur position, et se rangèrent à Baal Thamar ; et l'embuscade d'Israël s'élança du lieu où elle était,

de Maaré Guibea.

34. Dix mille hommes choisis sur tout Israël arrivèrent devant Guibea. Le combat fut rude, et les Benjamites ne se doutaient pas du désastre qu'ils allaient éprouver.

35. L'Éternel battit Benjamin devant Israël, et les enfants d'Israël tuèrent ce jour-là vingt-cinq mille et cent hommes de Benjamin, tous tirant l'épée.

36. Les fils de Benjamin regardaient comme battus les hommes d'Israël, qui cédaient du terrain à Benjamin et se reposaient sur l'embuscade qu'ils avaient placée contre Guibea.

37. Les gens en embuscade se jetèrent promptement sur Guibea, ils se portèrent en avant et frappèrent toute la ville du tranchant de l'épée.

38. Suivant un signal convenu avec les hommes d'Israël, ceux de l'embuscade devaient faire monter de la ville une épaisse fumée.

39. Les hommes d'Israël firent alors volte-face dans la bataille. Les Benjamites leur avaient tué déjà environ trente hommes, et ils disaient : Certainement les voilà battus devant nous comme dans le premier combat !

40. Cependant une épaisse colonne de fumée commençait à s'élever de la ville. Les Benjamites regardèrent derrière eux ; et voici, de la ville entière les flammes montaient vers le ciel.

41. Les hommes d'Israël avaient fait volte-face ; et ceux de Benjamin furent épouvantés, en voyant le désastre qui allait les atteindre.

42. Ils tournèrent le dos devant les hommes d'Israël, et s'enfuirent par le chemin du désert. Mais les assaillants s'attachèrent à leurs pas, et ils détruisirent pendant le trajet ceux qui étaient sortis des villes.

43. Ils enveloppèrent Benjamin, le poursuivirent, l'écrasèrent dès qu'il voulait se reposer, jusqu'en face de Guibea du côté du soleil levant.

44. Il tomba dix-huit mille hommes de Benjamin, tous vaillants.

45. Parmi ceux qui tournèrent le dos pour s'enfuir vers le désert au rocher de Rimmon, les hommes d'Israël en firent périr cinq mille sur les routes ; ils les poursuivirent jusqu'à Guideom, et ils en tuèrent

deux mille.

46. Le nombre total des Benjamites qui périrent ce jour-là fut de vingt-cinq mille hommes tirant l'épée, tous vaillants.

47. Six cents hommes, qui avaient tourné le dos et qui s'étaient enfuis vers le désert au rocher de Rimmon, demeurèrent là pendant quatre mois.

48. Les hommes d'Israël revinrent vers les fils de Benjamin, et ils les frappèrent du tranchant de l'épée, depuis les hommes des villes jusqu'au bétail, et tout ce que l'on trouva. Ils mirent aussi le feu à toutes les villes qui existaient.

Juges 21

1. Les hommes d'Israël avaient juré à Mitspa, en disant : Aucun de nous ne donnera sa fille pour femme à un Benjamite.

2. Le peuple vint à Béthel, et il y resta devant Dieu jusqu'au soir. Ils élevèrent la voix, ils versèrent d'abondantes larmes,

3. et ils dirent : O Éternel, Dieu d'Israël, pourquoi est-il arrivé en Israël qu'il manque aujourd'hui une tribu d'Israël ?

4. Le lendemain, le peuple se leva de bon matin ; ils bâtirent là un autel, et ils offrirent des holocaustes et des sacrifices d'actions de grâces.

5. Les enfants d'Israël dirent : Quel est celui d'entre toutes les tribus d'Israël qui n'est pas monté à l'assemblée devant l'Éternel ? Car on avait fait un serment solennel contre quiconque ne monterait pas vers l'Éternel à Mitspa, on avait dit : Il sera puni de mort.

6. Les enfants d'Israël éprouvaient du repentir au sujet de Benjamin, leur frère, et ils disaient : Aujourd'hui une tribu a été retranchée d'Israël.

7. Que ferons-nous pour procurer des femmes à ceux qui ont survécu, puisque nous avons juré par l'Éternel de ne pas leur donner de nos filles pour femmes ?

8. Ils dirent donc : Y a-t-il quelqu'un d'entre les tribus d'Israël qui ne soit pas monté vers l'Éternel à Mitspa ? Et voici, personne de Jabès en Galaad n'était venu au camp, à l'assemblée.

9. On fit le dénombrement du peuple, et il n'y avait là aucun des habitants de Jabès en Galaad.

10. Alors l'assemblée envoya contre eux douze mille soldats, en leur

donnant cet ordre : Allez, et frappez du tranchant de l'épée les habitants de Jabès en Galaad, avec les femmes et les enfants.

11. Voici ce que vous ferez : vous dévouerez par interdit tout mâle et toute femme qui a connu la couche d'un homme.

12. Ils trouvèrent parmi les habitants de Jabès en Galaad quatre cents jeunes filles vierges qui n'avaient point connu d'homme en couchant avec lui, et ils les amenèrent dans le camp à Silo, qui est au pays de Canaan.

13. Toute l'assemblée envoya des messagers pour parler aux fils de Benjamin qui étaient au rocher de Rimmon, et pour leur annoncer la paix.

14. En ce temps-là, les Benjamites revinrent, et on leur donna les femmes à qui l'on avait laissé la vie parmi les femmes de Jabès en Galaad. Mais il n'y en avait pas assez pour eux.

15. Le peuple éprouvait du repentir au sujet de Benjamin, car l'Éternel avait fait une brèche dans les tribus d'Israël.

16. Les anciens de l'assemblée dirent : Que ferons-nous pour procurer des femmes à ceux qui restent, puisque les femmes de Benjamin ont été détruites ?

17. Et ils dirent : Que les réchappés de Benjamin conservent leur héritage, afin qu'une tribu ne soit pas effacée d'Israël.

18. Mais nous ne pouvons pas leur donner de nos filles pour femmes, car les enfants d'Israël ont juré, en disant : Maudit soit celui qui donnera une femme à un Benjamite !

19. Et ils dirent : Voici, il y a chaque année une fête de l'Éternel à Silo, qui est au nord de Béthel, à l'orient de la route qui monte de Béthel, à Sichem, et au midi de Lebona.

20. Puis ils donnèrent cet ordre aux fils de Benjamin : Allez, et placez-vous en embuscade dans les vignes.

21. Vous regarderez, et voici, lorsque les filles de Silo sortiront pour danser, vous sortirez des vignes, vous enlèverez chacun une des filles de Silo pour en faire votre femme, et vous vous en irez dans le pays de Benjamin.

22. Si leurs pères ou leurs frères viennent se plaindre auprès de nous, nous leur dirons : Accordez-les-nous, car nous n'avons pas pris une

femme pour chacun dans la guerre. Ce n'est pas vous qui les leur avez données ; en ce cas, vous seriez coupables.

23. Ainsi firent les fils de Benjamin ; ils prirent des femmes selon leur nombre parmi les danseuses qu'ils enlevèrent, puis ils partirent et retournèrent dans leur héritage ; ils rebâtirent les villes, et y habitèrent.

24. Et dans le même temps les enfants d'Israël s'en allèrent de là chacun dans sa tribu et dans sa famille, ils retournèrent chacun dans son héritage.

25. En ce temps-là, il n'y avait point de roi en Israël. Chacun faisait ce qui lui semblait bon.